Die Deutsche Nationalbibliothek verzeichnet diese Publikation in der Deutschen Nationalbiografie; detaillierte bibliografische Daten sind im Internet über dnb.dnb.de abrufbar.

Herstellung und Verlag BoD – Books on Demand, Norderstedt.

1

FSC

www.fsc.org

MIX

Papier aus ver-
antwortungsvollen
Quellen
Paper from
responsible sources

FSC® C105338

Mein kleines Irrenhaus –
(Wind)Hundeglück hoch drei

Sandra Terzenbach

Vorwort

Sehr geehrte(r) Leser(in),

vielen Dank, dass Sie den Schritt gewagt und mein aktuelles Buch gekauft haben. Hoffentlich finden Sie Vergnügen daran, fühlen sich verstanden und gut aufgehoben.
Vermutlich kann jeder Hundehalter, der ehrlich mit sich selbst ist, meine Geschichten nach empfinden – der eine mehr, der andere gemäßigter. Aber ich glaube, jeder lobt dann und wann seine Vierbeiner himmelhochjauchzend und könnte sie am nächsten Tag als Luftfracht nach Neuseeland an eine unbekannte Anschrift verschicken.

Natürlich weise ich Sie darauf hin: Dies ist mein fünftes Buch. Sollten Sie die Vorgänger (oder eins davon) bereits kennen, freue ich mich, denn d. h. ja, dass es Ihnen gut gefallen hat.
Hier noch einmal meine bereits erschienenen Bücher:

- Einfach Hund sein – Geschichten und Anekdoten über meine Lakritznasen
- Geschichten für kleine und große Menschen, die im Herzen jung sind
- ...und Bielefeld gibt's doch – Mörderische Geschichten aus dem Teutoburger Wald
- Geschichten von Herz zu Herz – Noch mehr Geschichten für kleine und große Menschen, die im Herzen jung sind

Meine beiden Geschichten-Bücher habe ich selbst illustriert.

Aber nun wünsche ich Ihnen viel Vergnügen beim Lesen dieses Buches!

Freundliche Grüße
Sandra Terzenbach-Blank

Vorwort von Xavi

Ja, endlich – hier bekomme ich mal das Wort erteilt! Sie hat es endlich erkannt! Auf mich kommt es an, auf mich, nur auf mich!

Als Frauchen sagte, sie ziehe das Buch vor, habe ich mich gefreut. Schließlich hat man mir schon oft erzählt, dass es darin um uns gehen wird. Wobei ich das dumme Gefühl hatte, als sie sagte „Ich schreibe das Buch jetzt schon. Xavi hat soviel Blödsinn angestellt, dass ich fürchte, den sonst zu vergessen – und er ist erst ein Jahr hier!", dass der Satz kein Kompliment, sondern subtile Kritik war.

Mit dem Titel „Mein kleines Irrenhaus" bin ich überhaupt nicht einverstanden, denn ich kann mir den nicht erklären. WAS bitte hat das mit UNS zu tun?!

Nun gut, nun spiele ich in einem der Bücher meines Frauchens, das angeblich authentisch ist, eine Hauptrolle. Ist ja auch etwas.

Wenn Sie lesen möchten, was meine Vorgänger angestellt hahen, lesen Sie bitte:

„Einfach Hund sein".

Und dann hat mein Frauchen noch lustige Krimikomödien herausgehracht. Diese spielen in meiner neuen Heimat.

„Und Bielefeld gibt's doch".

Außerdem hat sie noch zwei nette Fabel-Bücher mit tollen Zeichnungen herausgebracht.

„Geschichten für kleine und große Menschen, die im Herzen jung sind", Teil 1 und Teil 2.

Von dem Erlös der Bücher können schon wieder einige Schäden bezahlt werden, die ich angerichtet habe. Es ist also sozusagen Charity für mein Frauchen.

Natürlich sollten Sie nicht alles glauben, was so über mich berichtet wird. Nur das Beste! Ich bin ein sehr gehorsamer, lieber Hund und würde nie etwas anstellen, was meinem Frauchen oder jemand anderem missfallen würde. Das ist alles üble Nachrede.

Liebe Grüße
Xavi

Xavi

Wilbert

Acaro

Acaro – und wie ich zu der Truppe stieß...

Heute heiße ich Acaro. Diesen Namen durfte mein
Herrchen für mich aussuchen. Er schaute in den
Google-Übersetzer und es heißt Winzling. Leider
hat es nicht nur die Bedeutung Winzling, sondern
auch Milbe. Und Nomen est Omen, diese hatte ich
bei meiner Ankunft.
Aber dazu kommen wir später.

Geboren wurde ich, wie fast jeder Galgo espanol
bei einem Jäger in Spanien. Ist meist nicht das
reinste Zuckerschlecken. Irgendwie landete ich
auf der Straße und wurde von Tierschützern im
örtlichen Tierheim aufgenommen. Dort hatte ich

eine Grundversorgung. Das war schon okay, nur leider nicht allzu rosige Vermittlungsaussichten, sodass ich nach Deutschland ins Tierheim gebracht wurde.

Dieses Tierheim hat leider keinen sonderlich guten Ruf. Ob berechtigt oder nicht, vermag ich nicht zu sagen und möchte es auch nicht diskutieren.

Eines Tages wurde ich nicht zum Spazieren gehen mitgeschickt, sondern wartete in meinem Gehege. Das war ungewöhnlich.

Während der Ausführzeiten ist immer viel Aufregung und Gebelle. Ich wurde dann in die sog. Kuschel-Hütte gebracht. Ein Gartenhaus mit Sofas und Hundebetten. Dort wurde ich von zwei Fremden empfangen und einer Menschin. Manu und Wilbert sowie mein zukünftiges Frauchen. Schienen ganz okay zu sein, die Hunde. Auch die Menschin.

Wir liefen gemeinsam eine Weile durch die Gegend. Wichtig war – wir durften keine Felder betreten und nur eine bestimmte Richtung laufen. Da es keine Bürgersteige gibt und ständig

Radfahrer und Autos im Affenzahn an einem vorbei brettern, war mein zukünftiges Frauchen etwas empört, dass Tierheimhunden, die evtl. noch unsicher oder ängstlich sind, so etwas zugemutet wird. Zwischendurch lehnte ich mich immer mal tröstend und kontaktsuchend an sie, schubbelte etwas mit meinem Kopf. Da war sie ganz gerührt und sagte, ihr erster Hund, Barras, habe das oft getan. Die beiden Hunde schienen auch nett zu sein. Manu, der kleine große Bruder. Und Wilbert, etwa in meinem Alter, kleines bisschen jünger. Wir beide kasperten ein wenig miteinander herum.

Nach einiger Zeit – vielleicht zwei Stunden – gingen wir zum Auto. Ich wollte eigentlich mit einsteigen, aber das wurde erstmal verhindert und ich bekam gesagt, es müsse alles noch genauer besprochen werden. Mit meinem zukünftigen Herrchen.
Dieser hatte nichts gegen mich und so ging ich mit Frauchen ins Tierheim-Büro. Es wurden Formulare ausgefüllt und ein Gesundheits-Check gemacht. Dieser war vollkommen lächerlich, aber

nun mal dort Sitte.
Allerdings durfte ich noch immer nicht mitfahren!
Unglaublich! Ein wenig weinte ich, als mein
Beinahe-Frauchen mich wieder in den Zwinger
setzte.

Sie fuhren wieder ab...
...um zwei Tage später zu kommen und mich
abzuholen!

Es war ein Feiertag! Ja, ein wirklicher und echter
– für mich und auch ein nationaler Feiertag
meines neuen Heimatlandes – der Tag der
deutschen Einheit!
Warum man den Tag aussuchte?! Nun, mein
Tierheim war weit weg von meinem zukünftigen
Heimatort. Und damit wir nicht an einem Tag
Kennenlernen und Adoption und lange Rückfahrt
haben, hatte Frauchen drei Tage bei ihrem Vater
verbracht, der nur knapp 100 km von dort
entfernt wohnte, und hielt es für besser, dass
wir von dort aus nach Hause fahren würden und
uns in Ruhe kennenlernen könnten.

Sie kam an dem Tag allein. Zwischendurch hatte sie wohl mehrfach angerufen und ihr wurde mehrfach gesagt „Aber seien Sie bloß pünktlich – wir wollen hier keine Überstunden machen!". Sie hätten das nicht permanent betonen müssen. MEIN Frauchen war pünktlich! Sie kam zu mir, musste außerhalb des Tierheimes parken und ich wurde ein weiteres Mal untersucht. Da sie davon ausging, dass es nur der korrekte Weg sei (denn ich hätte in der Zeit ja verletzt werden können oder so etwas) waren wir beide geduldig, um dann bei der Übergabe der Papiere angepflaumt zu werden „Die Untersuchung wurde ja schon vorgenommen! Hoffentlich müssen wir nun keine Überstunden machen!"

Frauchen brodelte innerlich etwas, das merkte ich schon. Sie zog mir MEIN neues Geschirr an und stellte fest – Schreck, die Leine hatte sie im Auto vergessen! Also musste sie noch einmal los wetzen, mit den Worten „Beeilen Sie sich! Wir werden keine Überstunden machen!" Ich hoffte so sehr, dass sie es schaffen würde. Aber siehe da – mein Frauchen war mal ein Greyhound und kam mit MEINER Leine zu mir.

Natürlich wusste ich so gar nicht, was man an einem Auto macht! Ich stand dort und Frauchen überlegte kurz, nahm mich vorsichtig hoch und setzte mich ins Auto.

Während der Fahrt stand ich lange und schaute nach Draußen. Sie sprach mich mehrfach mit meinem neuen schönen Namen an – Acaro. Herrchen sollte ihn aussuchen, weil er bei der Abholung nicht dabei war und Frauchen war es wichtig, dass er involviert würde und gleich ein Band zwischen uns entstünde. Ich war und bin sehr stolz auf meinen klangvollen Namen – auch, wenn er nicht nur Winzling, sondern auch Milbe bedeutet. Er ist klangvoll und ich mag es, wenn ich damit angesprochen werde.

Im Tierheim hieß ich Valls. Fand ich nicht so doll.

Als Manu geimpft wurde, lernte ich unverbindlich unseren Tierarzt kennen. Unverbindlich, eigentlich... Denn Frauchen kam etwas komisch vor in meinem EU-Pass und so wurde er unserem Tierarzt übergeben und siehe da – ich war vorschriftsmäßig gegen Tollwut geimpft, aber leider nicht gegen Leptospirose, Staupe,

Hepatitis und Parvovirose. Außerdem brachte ich Würmer und Milben mit.

Gegen all das wurde ich vorsichtig nach und nach behandelt und grundimmunisiert. Unser Tierarzt ist toll und sehr vorsichtig mit Chemie. Da wird die Impfung und all das lieber etwas aufgeteilt in zeitliche Abstände, da das Immunsystem genug mit den einzelnen Chemikalien zu tun hat.

Nun lebe ich seit Jahren glücklich und zufrieden mit meiner Familie, der ich erst lernen musste, zu vertrauen. Zu Beginn wachte ich oft um mich schnappend auf, man konnte meine Pfoten, meinen Po, meine Ohren etc. nicht anfassen.

Inzwischen wache ich nicht mehr schreiend auf. Man kann neben mir sitzen oder liegen, ohne das ich schnappe und wenn ich mich nachts doch einmal komisch fühle, lasse ich mich von Frauchen beschmusen.

Ich bekomme hier tolle leckere und regelmäßige Mahlzeiten, erlebe aufregende Abenteuer mit meiner Familie, habe muckelig warme Kleidung, Bettchen und Decken und zwei ganz tolle Brüder! Mein großer Bruder, Manu, ist ja leider nun tot, und da waren wir alle sehr, sehr traurig. Frauchen hat in den zwei Jahren alles ausgeschöpft, um ihm noch zu helfen. Wir haben die Uni-Klinik Gießen eingeschaltet, damit er einen Herzschrittmacher bekommt und dann damit gut leben kann. Aber leider kam der Leberkrebs. Das war schlimm...

Wilbert und ich haben unsere Menschen versucht, zu trösten. ...und bekamen einen kleinen Bruder dazu. Aber der lustige Frechdachs soll mal ruhig seine Geschichte selbst aufschreiben!

El diablo negro

Hallo! Hallo, Sie da! Jaaa, hallo! Darf ich mich vorstellen?! Ach, ist mir doch egal – ich bin der Xaaaviii! Aber langsam... Langsam? Ach, ist mir auch egal, ob langsam oder nicht.

Ich hatte bereits zwei andere Namen im Leben – erst Poli und dann Kuba. Das kommt daher, dass ich vom Galguero mit fünf Monaten in die Tötung gegeben wurde und zum Glück in eine private Auffangstation kam.

Ich war in einer kleinen Gruppe (unser Jäger hatte für drei Hündinnen, eine in meinem Alter, ebenfalls keine Verwendung mehr) und wir wurden auch so in einen Zwinger gesetzt und blieben in der Tötung auf Bitten der Leiterin der Auffangstation für uns. Und auch in der Auffangstation blieben wir unter uns.

Als dann die drei Mädchen eine Pflegestelle gefunden hatten, sollte ich ebenfalls nach Deutschland reisen, aber es fand sich erst niemand für mich. Daher sollte ich in eine Pension, die sonst nur Mastinos beherbergt. Hätte mir sicher nichts ausgemacht, da ich zu allen Hunden freundlich bin und die meisten zu mir auch. Aber dann sagte jemand, den nehme ich als Pflegehund und basta.

In meiner Pflegestelle gab es einen weiteren Hund und eine Katze, die mich akzeptierten. Da ist schwarz bin und schwarze Hunde nicht gerade „weggehen, wie warme Semmeln", richtete sich meine Pflegestelle darauf ein, dass ich wohl recht lange bei ihnen bleiben würde.

Aaaber – Pustekuchen! Ich fiel meiner Sandra auf, die ihren Manu verloren hatte. D. h., sie war sowieso immer auf dem Laufenden, wer so alles in der Vermittlung ist und meine Beschreibung klang unkompliziert. Ich sollte ein netter, ruhiger Mitläufer sein. Ideal, meinte sie.

Ich war erst zwei Wochen in meiner Pflegestelle und schon hatte ich Interessenten! Das soll mir mal einer nachmachen!

Zuvor hatte meine zukünftige Familie sich zwar noch andere Hunde angesehen, die aber nicht die Zustimmung meiner jetzigen Brüder fanden.

Also machte man sich auf gen Ruhrgebiet, um mich kennenzulernen. Wir trafen uns in einem Auslauf. Mein werdendes Herrchen war gleich begeistert von mir. Die Menschin, das merkte ich, war eine härtere Nuss. Sie meinte, dass wir drei Hunde völlig uninteressiert aneinander seien. Dabei linste ich immer wieder heimlich zu ihr und den beiden Hunden, Wilbert und Acaro.

Nach dem Auslauf fuhren wir zu meinem vorübergehenden Zuhause und ich merkte schon, dass die Menschin nur nach Ausreden suchte, um schnell wieder wegzukommen.

Sie gab sich aber dann einen Ruck und wir sollten uns noch einmal en famille kennenlernen. Meine zukünftigen Menschen, meine zukünftigen Brüder, meine Pflegemutti und ich zogen los. Ich versuchte, als mich die potentielle Adoptantin an der Leine führte, alles richtig zu machen. Steh an der Straße, guckte immer, wie die beiden anderen alles machten. Ich pöbelte nicht, ich achtete auf die Menschin.

Dann wurden wir einmal gemeinsam ins Auto gesetzt und vertrugen uns auch dort gut. Anschließend gingen die beiden Menschen nochmal mit nach oben und ich wurde von meiner zukünftigen Sandra gefragt „Möchtest Du denn uns als Menschen haben?" und ich sprang auf und knuddelte mit ihr. Als sie dann zur Tür gingen, marschierte ich gleich mit, weil ich dachte „okay, nun geht es in mein eigenes Zuhause".

Allerdings irrte ich mich, denn ich sollte erst am Wochenende abgeholt werden. Mein Vorgänger konnte aufgrund der traurigen Tatsache, dass viele Hunde verstorben waren, erst einen Tag später begraben werden, er lagerte längere Zeit bei meinem jetzigen Tierarzt.

Das geschah dann wohl und der Tag danach war der Geburtstag meines Herrchens.
Nun geschah in meinem Leben etwas – meine Pflegestelle hatte untereinander eine schlimme Krise und ich sollte so schnell wie möglich ausziehen.
Ohne es zu wissen, war mein neues Frauchen sehr unruhig und wollte ihren Vater bitten, mich mitzubringen, der in der Nähe der Pflegestelle wohnte, und zu meinem Herrchen zum Geburtstag kommen sollte. Aber Neu-Herrchen sagte, sie würden mich erst am Wochenende holen. Er konnte ja nicht ahnen, dass etwas nicht stimmte!

Am Tag nach dem Geburtstag kam dann der Anruf: Bitte holt den Kleinen sofort. Alle sprangen innerhalb von zehn Minuten ins Auto, alle Papiere vom Verein parat, und holten mich ab.

Mann, das war aufregend! Wir hielten noch bei meinem Groß-Herrchen an, um kurz zur Ruhe zu kommen und dann ging es in MEIN zu Hause! Unsere erste Fahrt als Familie und als ich ankam, war ich doch sehr angetan!

Es gefällt mir sehr gut. Die Menschen bemühen sich um mich. Ich schlafe bei Frauchen unter der Bettdecke. Einmal täglich geht es zum Toben in unseren Auslauf. Der zweite große Gang des Tages ist „Arbeit" - wir suchen Spuren, schauen uns leere Bauten an, zeigen Wild an, suchen Leckerchen... Frauchen sagt, wir brauchen Kopfarbeit. Aber es macht mir auch riesigen Spaß! Der Abend-Pipi-Gang ist dann für jeden 15 Minuten mit Frauchen allein, was auch sehr schön ist. Da freuen wir uns alle auch drauf, denn es ist unsere private Zeit allein.

Trotzdem habe ich noch genug Zeit und Köpfchen, um mir Streiche auszudenken, von denen ich weiß, dass Frauchen sie nie und nimmer gut heißen wird und werde vermutlich noch lange Zeit Blödsinn im Kopf haben.

Pubertät

Der süße Welpe hört nicht mehr, hat er je etwas gelernt? Draußen gebärdet er sich prollig, pöbelt, man kann zehn Mal rufen, er hört einfach nicht mehr.
Zuhause wird lustig das Sofa von seiner Füllung befreit, Kissen in Schnee verwandelt, geklaut wie ein Rabe.

Herzlichen Glückwunsch – Ihr Hund hat die Pubertät erreicht! Und soll ich was sagen?! Wilbert und Acaro sind gleichaltrig und pubertierten gleichzeitig. Nicht gerade ein Spaziergang, nicht das Highlight im Hundeleben. So sehr es nervt, sollte man nicht die Geduld verlieren und konsequent bestimmte Verhalten einfordern. Natürlich verzweifelt man manchmal und fragt sich, ob man gar nichts richtig gemacht hat. Doch. Es geht vorbei. Und wenn sie schlafen, haben Sie doch ihre goldigen Engel wieder dort liegen.

Schlimmer sind einfach die „lieben" Mitmenschen,

deren Hunde ja niiieee nicht jemals ein solch pubertäres Verhalten an den Tag legten. Leider ist manchmal zu einfach gesagt „hier rein, da raus". Aber was soll's?! Als permanent nur die Faust in der Tasche zu ballen und jede Unverschämtheit zu schlucken, lassen Sie es doch einfach mal raus. In Verruf sind Sie durch ihren proletenhaften Teenager doch sowieso gekommen (speziell, wenn es ein Rüde ist).

Und dann muss man noch so vergnügungssüchtig sein wie wir und, sobald man zwei durch die heißeste Phase des Hundelebens gebracht hat und theoretisch durchatmen könnte, sich das nächste Hundekind ins Haus holen...

Plagen mit einem Teenie

An manchen Tagen wünschte ich mir, ich hätte eine Gruppe Goldfische. Steven, Stephen und Steffen. Nette kleine Goldfischchen, die freudig mit den Flossen wedeln, wenn sie mich sehen. Sind vielleicht nicht die reinsten Kuscheltiere, aber eine Macke hat ja jeder...

Als Wilbert und Acaro Teenager waren, hatte ich sehr häufig solche Gedanken. Als Wilbert einmal auf die Schmalspur-Idee kam, zu einer Joggerin lief, die ihre Trinkflaschen (diese kleinen, die immer aussehen wie ein Munitionsgürtel) um den Bauch geschnallt hatte, um den Gummizug fletschen zu lassen. Sie nahm es zum Glück sportlich.

Ähnlich begeistert war ich, als Acaro regelmäßig beim Auto fahren sein Geschirr durchgebissen hat. Man stieg aus, in der freudigen Erwartung auf einen Spaziergang und „Huch, Dein Geschirr ist an der einen Seite kaputt!". Ging auch ganz schön ins Geld.

Und Xavi... Ihm wurde verboten, seinen Freund am Schwanz zu ziehen. Das weiß er – wird er grob, ziehe ich ihn aus dem Spiel raus (wie auch die anderen beiden, als sie noch nicht so wussten, wie man sich benimmt im Spiel).

Also kommt der Herr dann auf die Idee, am Zaun zu reißen. Nach dem Verbot beginnt er, hektisch ein Loch zu buddeln, was er aufgrund der Verletzungsgefahr nicht an der Stelle darf, sondern in der-Buddel-Ecke. All das weiß er. Nun ist man nicht Xavi, wenn man nicht noch mehr Flausen im Kopf hat. Xavi dreht sich und reißt seinen Regenmantel kaputt.

Nach ein paar Gehorsams-Übungen und danach noch ein paar Renn- und Tobe-Einheiten geht es nach Hause bzw. zum Auto. Unterwegs „Nein, wir beißen nicht in die Leine, wie Du schon lange gelernt hast. Erinnere Dich daran." Zwei Meter weiter. „Nein, wir räumen auch Frauchens Jackentasche nicht aus, das weißt Du genau. Und am Futterbeutel wird auch nicht gezogen!" Irgendwann an kurzer Leine am Auto angekommen, alle brav in ihre Autobettchen gebettet – schlafen sie selig? Ja, Wilbert und Acaro schlafen wie die Engelchen. Bei Xavi ein Ratschen. Wütend versucht er, das Zerstörungswerk an seinem Regenmantel zu vollenden...

Ehrlich – ich liebe Goldfische! Wie gerne hätte ich welche! Oder Schnecken! Es gibt unglaublich spannende Arten. Man kann ihnen beim Kriechen und Blätter essen zusehen und manchmal mögen sie es sogar, mit einer Zahnbürste das Häuschen mit Wasser poliert zu bekommen.
Es muss ein wirklich friedliches Leben sein!
Und so günstig! Schnecken freuen sich, wenn man ihnen ein Salatblatt schenkt! Es müssen keine teuren Futter sein, um sie glücklich zu machen!

Wobei die teuren Futtersorten... Was sich meine Hunde alles als Teenager in die Schnauze gesteckt haben, würde dem werten Leser das Würgen in der Kehle hochkommen lassen. Es wäre schön gewesen, wenn sie immer einen exquisiten Geschmack an den Tag gelegt hätten.

Man weiß ja, die Zeit geht vorbei. Bis diese Zeit aber vorbei ist, braucht man eine Menge Geduld, Humor und wenn sie es zu arg treiben, kann auch ein Schnäpschen schon mal trösten. Alkohol ist keine Lösung? Milch aber auch nicht.

Acaros OP

Am 30.01., natürlich im Not-Dienst, musste Acaro in die Tierklinik. Sein Zeh war ausgerenkt und blutete. Er musste operiert werden, nichts half.

Die behandelnde Ärztin bat ich, bei ihm bleiben zu dürfen, bis er eingeschlafen sei. Ich durfte nicht. Ich sah Acaros verzweifelten Blick, als er von mir weggeführt wurde. Er war völlig fertig. Ich fuhr widerwillig nach Hause.

Eine Dreiviertelstunde auf heißen Kohlen zu Hause, dann kam der Anruf des operierenden Arztes: „Wann können Sie hier sein? Ich wage nicht, ihn aufzuwecken, bevor Sie da sind. Er hat wie verrückt gekämpft, als wir ihn in Narkose legten!"

Welch Wunder. Acaro meinte wohl, um sein Leben zu kämpfen zu müssen.

Im Affenzahn fuhr ich in die Klinik. Nahm meinen wunderschönen lieben Acaro in Empfang. Er wurde bewusstlos auf einer Bahre hereingerollt. Ich setzte mich auf den Boden, nahm den Kopf zu mir und er bekam die Aufwachspritze. Leider erkannte er mich nicht, sondern schlug mit seinem Kopf herum.
Da er sich hätte verletzen können, bekam er eine erneute Schlafspritze. Diese wirkte leider nicht richtig, so dass er die Dosis nochmal bekam.
Dann zog der Tierarzt an der Zunge, behauptete, er sei okay und trug ihn mir in den Wagen mit den Worten „Den Zugang lassen wir drin, falls Sie einen unkontrollierbaren Hund zu Hause haben". Ach ja?! Was dann?! Glaubte der Clown, ich riefe ihn nochmal an?! Acaros zarte Haut war übersät mit Hämatomen! Ich brachte ihn mit einem ausgerenkten Zeh dorthin und bekam einen grün

und blau gemusterten Hund zurück, von dem sie nicht mal in der Lage waren, ihn aufzuwecken!

Wir trugen ihn mit einer Wolldecke rein und ließen ihn in seiner vertrauten Umgebung aufwachen. Ich permanent in Riech-, Sicht- und Handlungsweite. Wilbert und Xavi um ihn rum.

Acaro wachte halluzinierend und voller Angst auf. Er jaulte und weinte fast ununterbrochen den ganzen Abend. Ihn permanent stützend lief ich mit ihm hin und her, hin und her. Er halb wach, schwankend. Ich, ihn auffangend. Immer wieder das Heulen. Immer aufpassen, dass er sich nicht verletzte.
Irgendwann war der Spuk vorbei und er schlief einen gesunden Schlaf.

Am nächsten Tag fuhren wir zum Zugang entfernen in die Klinik. Der Chirurg empfing mich mit den Worten „Ihr Hund ist ein Alptraum!". Und dann „Wieviel Personen werden wir brauchen, um ihn festzuhalten?". Mit eiskalter Arroganz schickte ich einen fast tödlichen Blick „Nur mich!". Etwas kleinlauter machte der Arzt sich an seine Arbeit – Zugang ziehen, Verband wechseln. Ohne Zwischenfälle.

Wir gingen nach Hause.

Leider hatte Acaro seit vor seiner OP seine Geschäfte nicht gemacht. Natürlich durfte er keine großen Runden, sondern „maximal Pipi". Aber Acaro konnte nicht. Nicht im Garten, nichts. Also trug ich ihn ins Auto und fuhr mit ihm in den Wald. Ich trug ihn einen kleinen Wanderweg hoch, setzte ihn ab. Ja, dort konnte er seine Geschäfte verrichten. Ich trug ihn zurück zum Auto und brachte ihn nach Hause.

Im Auslauf durfte er mehr stehen als alles andere. Allerdings brachte ich ihn dann auch ins Auto. Auf Waldgängen weinte er manchmal lautstark im Auto, so dass ich sie auch für die anderen beiden abkürzte, wenn Michael nicht mit war.

Auch diese Zeit überstanden wir und Acaro

merkte sich eins: Wir lassen ihn niemals hängen und ich würde ihn bis ans Ende der Welt tragen. Ihn ebenso wie die anderen beiden. Nie würde er hier im Stich gelassen.

Acaro, der Areal-Patriot

Acaro ist ein Hund, der am liebsten zu Hause ist. Natürlich ist er immer gerne dabei und möchte bei seiner Familie sein. Allerdings ist er ein großer Fan unseres Zuhauses.
Jedes Mal, wenn wir ein Wochenende anderswo verbracht haben, kommt er aus seiner Party-Stimmung nicht mehr raus, sobald wir wieder in heimischen Gefilden eintreffen.

Dann geht es los – zuerst rennt er durch den unteren Bereich, dann die Treppe hinauf. Anschließend werden alle anderen zum Spielen aufgefordert. Nach dieser Tobe-Runde muss der Garten herhalten: Rennen und Toben, dann ins Schlafzimmer, auf das Bett springen.

Anschließend ist Ruhe im Karton und Acaro entspannt sich vollkommen. Er ist einfach unglaublich glücklich, nach Hause in sein kleines Reich zu kommen.

Man darf nicht vergessen, dass die Jagdhunde in Spanien häufig in kleinen Verschlägen mit weniger als dem Notdürftigen gehalten werden und Acaro sich sehr früh ein Weilchen auf der Straße durchschlagen musste. Dann eine stressige Zeit in zwei verschiedenen Tierheimen. So ein schönes Zuhause hat er noch nie gehabt. Für ihn ist es das Paradies schlechthin. Er liebt es, seine Höhle.

Diese Vermittlungs-Anzeige schaltete Xavi...

Hallo, ich in der Mitte - ich werde verschenkt! Ich werde als Postpaket zu einer Adresse nach Australien verschickt. Allerdings hat mein Frauchen Sorge, dass ich mich daraus befreie und zurück gelaufen komme.

Was ich mir geleistet habe...

Nach zwei Stunden Toben im Auslauf verkündete Frauchen, dass wir nun nach Hause gehen würden.

Prompt kroch ich in Acaros Pflaumennetz. (Wir haben einige Pflaumenbäume eingezäunt und eingenetzt, da Acaro die Pflaumen bis zum Durchfall im Sommer isst.)

Normalerweise ist es auch kein Problem, dass ich dort manchmal rein gehe, denn ich esse nur wenig Pflaumen und komme sofort raus, wenn es von mir verlangt wird.

Heute weigerte ich mich. Nach 10 Minuten rufen, Angebote von Wurst etc, setzte sich Frauchen mit den anderen in die Sonne.
Weitere 20 Minuten später, drehten die drei mehrere Runden.
Danach wurde ich wieder eine Weile gelockt.
Aber ich wollte ja nicht nach Hause, es war sooo spannend dort! Wo weder Mensch noch Hund rein gehen, sind tolle Spuren!

Nach einer Dreiviertelstunde kündigte man mir an, wenn ich nicht käme, seien wir geschieden. Da man sich nicht von Hunden scheiden lassen kann, juckte mich das wenig.

Also knüpfte Frauchen das Netz auf, stieg durch, verhedderte sich und flog hin.
Sie entwirrte sich und ich ging weiter rein.
Während Frauchen mich verfolgte, schaffte sie es, den lehmigen Abhang runter zu rutschen, und auf den Hintern zu fallen.
Ich zog mich ins Unwegsame zurück, wo sie nicht rein kam.

Irgendwann kam ich dann doch, wurde aus dem Netz gehoben und wieder blieb Frauchen mit dem Stiefel hängen und flog das dritte Mal hin! War das lustig!

Das halbe Dorf, in dem der Auslauf ist, ging in der Ecke spazieren! ?

Jetzt meine Frage : Meint Ihr, bei der unbekannten australischen Adresse, die wir uns raus suchen, wohnen auch so Volltrottel, die mich behalten werden?! Wilbert und Acaro flüsterten mir, dass man so einen Dussel nicht nochmal findet und ich lieber etwas schleimen sollte.
Liebe Grüße
Xavi

Die drei Musketiere

Wilbert, Acaro und Xavi sind ein Team. Ein richtig lustiges Team, das zusammenhält wie Pech und Schwefel. Die drei spielen miteinander, sie kuscheln miteinander und verstehen sich prächtig. Eben wie eine Familie bzw. so, wie es sein sollte.

Es ist faszinierend. Eine Weile hatten wir keinen Kontakt mehr zu Wilberts engstem Freund außerhalb der Familie. Trotzdem schien er überhaupt nichts zu vermissen. Er tobte genauso ausgelassen mit seinen „Brüdern" wie sonst, er freute sich, sobald ich ihn aufforderte, etwas mit mir zu machen.

Das ist das Schöne – die besten Freunde wohnen bereits zusammen und man muss sich keine Gedanken machen, ob man eine Hundebekanntschaft für seinen Hund macht, ob er zu wenig Kontakte hat, ob er die richtigen Kontakte hat.
Wenn man Zweifel hat, lässt man es eben sein.

Denn der Hund ist mit denjenigen zusammen, die man selbst erzogen/aufgezogen hat.

Natürlich haben die drei auch allerlei Unsinn im Kopf und manchmal habe ich das Gefühl, sie tricksen mich regelrecht aus. Das ist auch wirklich oft lustig und ich sehe darin eine hohe Intelligenz.

Es kann auch schon mal eine kleine Kabbelei vorkommen – in welcher Familie ist das nicht der Fall?! Aber die Hunde vertragen sich schnell wieder. Aus manch lauterem Gezicke muss man kein Drama machen, das ist einfach nichts. Wilbert hat Acaro nach einem Gemotze im Wald mal in vollem Bogen gezielt angepinkelt. Es war irgendwann wieder gut.
Die Querulanten, die sich mal anfauchen, kommen dann meist zu mir, drücken sich an mich und gucken empört, als wollten sie jeder sagen „Hast Du gesehen, was DER mit mir gemacht hat?!" Nun ja, eigentlich ja nichts, außer etwas Lautstärke. Zumal meist kaum raus zu bekommen ist, weswegen die Zickerei. Eine Duftspur? Meist

schnüffeln sie ja fachmännisch zusammen.

Wie dem auch sei, es sind Kleinigkeiten.

Ernährung der Hunde

Heutzutage veranstalten viele regelrechte Religionsveranstaltungen zur Ernährung des Hundes, die sie für sich selbst nie in Anspruch nehmen würden. BARF, Prey, bestimmte In-FeFu-Sorten... Es ist kaum zum Aushalten. Getreidefrei, glutenfrei, laktosefrei, frei von Soja, Mais, Geschmacksverstärkern usw.

Ehrlich gesagt, ich halte meist den Mund, wenn mir wieder jemand „seine" Ernährung anpreisen und mich diesbezüglich missionieren will. Es geht mir auf die Nerven und man glaubt es kaum - ich bin erwachsen genug, mich mit sowohl Hundeernährung als auch meiner eigenen beschäftigt zu haben.
Besonders deswegen, weil ich einige Hunde hatte, die natürlich auch mit zunehmendem Alter div.

Zipperlein bekamen und auch, weil einige Hunde bereits chronisch krank wurden.

Ich selbst habe eine Colitis ulcerosa und Morbus Basedow, aber damit langweile ich ungern und werden todsicher auch kein Buch darüber schreiben „Mein Buch Krankheit blablabla". Darum dürfen sich andere kümmern. Was ich damit sagen möchte, ist, dass man sich automatisch mit Ernährung und Nahrungsmitteln beschäftigt.

Ich selbst bin seit vielen Jahren Vegetarierin. Meinem Körper tut es gut, da Fleisch schwer verdaulich ist. Und meiner Seele, da ich Tieren in die Augen sehen kann, egal, um welche Spezies es sich handelt. Fast. Denn meine Hunde werden nicht vegetarisch ernährt.

Allerdings achte ich auf gesunde Ernährung bei meinen Hunden und auch auf Nachhaltigkeit. Fleisch wird z. B. bestellt und einmal pro Monat geliefert. Dort kennt man die Tiere, man weiß, sie hatten ein Leben und werden ortsnah geschlachtet.

Meine Fütterung mag manchem eigenwillig

erscheinen.

Morgens bekommen meine Hunde einen vegetarischen Brei. Aus Getreide. Böses Getreide. Pfui, gehört alles aus dem Napf verbannt.

Wenn ein Hund eine Getreideallergie hat, stimmt das sogar. Für den normalen Hund erscheint es inzwischen, zumindest hat man es erforscht, als würde getreidefreies Futter Herzerkrankungen sogar begünstigen. Taurin, was vor Herzkrankkeiten schützt, kann lt. dieser Forschung nicht verwertet werden.

Unser Brei morgens besteht aus den Flocken eines bestimmten Anbieters, in denen unterschiedliche Getreidesorten enthalten sind, Haferflocken, manchmal Nudeln oder Reis, Polenta, Buchweizen, Quinoa, Amaranth, Couscous, Bulgur... Dazu Obst oder Gemüse, evtl. Milchprodukte.

Das wird gerne genommen, es wärmt im Winter das Bäuchlein.

Aus besagtem Fleisch, Gemüse und Kohlehydrate koche ich den Hunden ein Gericht, dass es entweder pur gibt oder als Eintopf über eine

Portion Trockenfutter. Manchmal ist es auch
Fisch, kein Fleisch.
Auch füttere ich an manchen Tagen Dosenfutter,
das Gemüse und Kohlenhydrate beigemischt
bekommt.

Blättermagen und Pansen gibt es pur und roh.

Als Leckerchen Käse, Hundewurst,
Trockenfutterproben, mal etwas zum Knabbern
zwischendurch.

Ich höre schon die Aufschreie! „Sie vergiftet
Ihre Hunde! Sie kocht die Nahrungsmittel tot!
Die Verdauungszeiten passen nicht zueinander!
Der Hund war mal ein Wolf, der braucht nur
Fleisch – kein Wolf pflückt Rüben auf dem Feld!"
Ah ja... Zum einen koche ich nichts „tot".
Gekochte Lebensmittel sind tw. sogar besser
verdaulich als rohe. Speziell bestimmte Obst- und
Gemüsesorten geben ihre Nährstoffe erst frei,
wenn sie gekocht sind.

Die Verdauungszeiten passen nicht zueinander?

Was gibt es denn da Passendes??? Es ist völlig uninteressant, ob man die Nudel zwei Stunden nach dem Hühnchen ausschietert oder den Fisch gleichzeitig mit der Mohrrübe.

Der Hund ist übrigens nie ein Wolf gewesen. Der Wolf und der Hund haben einen gemeinsamen Vorfahren. Genau wie Mensch und Neandertaler. Der Wolf futtert übrigens auch Beeren, Wurzeln und Kräuter – aber das nur am Rande.
Unser Haushund ernährte sich immer von den Resten der Menschen. Straßenhunde tun dies übrigens immer noch. Sie rotten sich nicht zusammen und erlegen große Fleischberge.

Seit Generationen bekommen Hunde Getreide, Milchprodukte, Eier etc. Das können sie ganz prima vertragen. Wesentlich besser als die durch die Massentierhaltung propagierten Massen an Fleisch. Auch dem Menschen schaden diese Riesen-Berge an Fleisch eher.
Der Trend sollte eigentlich dazu zurück gehen, den traditionellen Sonntagsbraten aus hochwertigem Fleisch zu genießen, statt täglich

Schnitzel für 1,50 pro Kilo in sich reinzuschlingen.

Sowohl Hund als auch Mensch erleiden ernste Organschäden durch die „moderne" Fütterung. Übergewicht mit allen Folgen, Nierenerkrankungen, Herzschäden, Leberschäden... Möchten Sie das für sich und Ihren Hund wirklich? Ich nicht.

Es ist auch immer ratsam, zu sehen, woher Hunde kommen. Wind- und Jagdhunde, die Nomaden begleiten, Hirtenhunde – glauben Sie wirklich, diese Menschen haben sich von Getreidebrei ernährt und für ihre Hunde Fleischberge mitgeschleppt?! Deren Tiere wurden nicht vorrangig als Schlachttiere gehalten, sondern, um ihre Milch, Eier usw. zu essen.
Ich war persönlich bereits mehrfach in diversen Wüsten der Welt zu Gast sowie in Dörfern der Menschen, die inzwischen als halb-ansässige Nomaden leben. Vertrauen Sie mir – niemand von ihnen schnallt sich einen Kühlschrank auf den Rücken (oder den seines Esels), in dem er Fleischvorräte seiner Hunde transportiert. In

vielen Gegenden wäre man überglücklich, selbst einen Kühlschrank und überhaupt Vorratshaltung zu haben.

Die einzigen Hunde, die viel Fleisch tolerieren, sind Tiere, die dieses traditionell bekommen haben. Schlittenhunde, wobei sie auch viel Fisch und Trane bekommen haben. Hunde aus Australien und div. Teilen Amerikas, wo viel Fleisch gegessen wurde, weil es viel Land und dadurch viel Platz für Vieh ist und dadurch billig.

Wer auf sich achtet, auf eine nachhaltige Lebensweise, kommt nicht darum herum, das zu hinterfragen, was uns moderne Futtermittelhersteller und selbsternannte Missionare predigen.

Meiner Meinung nach ist es ratsam, nicht alles mit missionarischem Eifer zu betreiben, Dinge zu hinterfragen und ab und zu mal auf sein Bauchgefühl zu hören.

Hunde brauchen Sicherheit und Geborgenheit

Während der Mensch sich über die richtige Erziehung, die richtigen Methoden, Trainer und Schulen Gedanken macht, brauchen Hunde am meisten eins: Sicherheit und Geborgenheit. Beides kann man in keiner Schule lernen, sondern man kann es ihnen geben – oder eben nicht.

Oft trifft man Hunde, die auf sich gestellt durch die Gegend laufen, ihre Menschen ins Handy starrend oder telefonierend. Sie achten nicht auf ihre Hunde, denen klar ist, dass dort niemand ist, der ihnen die Welt zeigt. Die Welt, die für die meisten Menschen groß, bunt und interessant ist, kann es auch für Hunde sein. Wenn wir ihnen dabei helfen, sich in ihr zu bewegen.

Auch wenn man die Verantwortung gedankenlos abgibt, kann man keine Sicherheit vermitteln. Wer möchte, dass der Hund sich bei einem Fremden, sprich Trainer o.ä. sicher fühlt statt bei seinem Menschen?! Ich nicht. Aber es ist heutzutage ja so einfach geworden, alles auf andere abzuschieben. Die Erziehung der eigenen Brut geht in Kindertagesstätten und Ganztagsschulen vor sich. Die der Hunde ebenfalls in der nur knapp bemessenen Freizeit. Aber so geht es nun mal nicht. Ein Hund lässt sich nicht hin- und herschieben, wie es gerade beliebt, sondern ein Hund braucht einen festen Punkt, um den er kreisen kann. Jemand, der für ihn der Fels in der Brandung ist. Nicht nur mal eben in seiner Mittagspause, sondern immer.

Meiner Meinung nach muss man immer schauen, wie man sich selbst verhält. Hat man einen anständigen, fairen Charakter? Ist man höflich, hat gute Manieren? Der Hund schaut sich vieles ab und spiegelt sich in seinem Menschen. Damit will ich auf keinen Fall den Leutchen „Schuld" an gewissen Macken unterstellen, die einen Hund mit Vergangenheit oder Besonderheiten übernommen haben. Diese leisten oft phantastische Arbeit, erleben oft genug Rückschläge und stecken all ihr Herzblut hinein. Und hier kommt der Spiegel ins Spiel – auch diese Hunde werden früher oder später Ruhe und

Respekt erlernen, einige ihrer Eigenheiten bessern sich stetig. Das Traurige ist oft, dass diese lieben Menschen den Unterschied nicht so stark sehen wie ein Außenstehender. Wenn Ihnen jemand einfällt oder begegnet, bei dem Ihnen auffällt, wie sehr dessen Hund sich in seinem Benehmen (Angst, Rückruf, Verträglichkeit...) gebessert hat – bitte sagen Sie es! Dem Menschen wird es ein Ansporn sein, er wird mit mehr Stolz und Leichtigkeit für eine Weile durch den Tag gehen und vielleicht ist es ihm selbst noch nicht aufgefallen oder er war in einem tiefen Loch angelangt?! Auch das ist übrigens Tierschutz – die Ermutigung der Menschen mit „schwierigen" Hunden. Und NICHT deren Vorverurteilung, Hetzerei und unprofessionelle Meinungsbildung.

Kleiner Tipp am Rande: Wenn Sie gefragt werden, ob Sie zu einem bestimmten Problem eine Idee haben, dann ist der Mensch offen für Ihren Rat. Werden Sie aber nicht gefragt, verkneifen Sie sich einfach, was Sie zu sagen haben, oder fragen Sie zumindest höflich, ob Ihr Rat willkommen ist.

Besserwisserei hat noch keinem weiter geholfen. Und natürlich sollte man nie GEGEN den sich bemühenden Menschen arbeiten. Z. B. ungewollt Leckerchen in Hunde stopfen und dann am besten, wenn man gebeten wird, dies nicht zu tun, noch dreist sagen „Dann hätten Sie ihm beibringen müssen, nichts zu nehmen". Das lernt sich nämlich nicht von Heute auf Morgen. Ob es ein Welpe ist, der es noch lernen muss oder – schwieriger – ein Hund aus schlechten Umständen, der vielleicht noch Hungersnöte gekannt hat und immer zu kurz kam.
Dieses Beispiel habe ich gewählt, weil solche Personen sich gerne auf öffentlichen Hundewiesen herumtreiben.

Fresserei

An manchen Tagen macht sich Verzweiflung in mir breit... Meine Hunde sind nämlich im wahrsten Sinne des Wortes beinahe Allesfresser. Man darf einfach nichts liegen lassen. Nicht nur nichts liegen lassen, nein, unsere Herren öffneten sogar

Schränke, um sich mögliche und unmögliche Lebensmittel dort raus zu holen.

Wir versuchten alles. Alles in hohe Schränke packen. Mit dem Effekt, dass die Hunde akrobatische Klettereien vollbrachten. Schränke mit Seilen zubinden. Keine Chance – Wilbert wusste zuverlässig, wie er diese öffnen konnte. Es reichte, wenn er sich ansah, wie es geknotet war. Ketten an den Schränken war das Einzige, was half. Sehr hässlich. Nun, es wurde dann beim Umbau der Küche eine klassische Abstellkammer eingerichtet und nun steht alles hinter Schloss und Riegel.

Bis dahin war ich mehrfach zu Kotzspritzen und Standard im Kühlschrank war Sauerkraut. Bei Ersterem war ich manchmal höchst erstaunt, wie viel aus diesen dünnen Hemdchen raus kommen kann.

Aber nicht nur Lebensmittel wurden erbarmungslos gegessen, bis der Arzt kam,. Auch Dinge, für die meine Phantasie im Leben nicht ausgereicht hätte. Als unser Manu kurzzeitig Antibiotika bekam, futterte Wilbert kurzerhand den kompletten Blister.

Als vor einer Kurzreise Tabletten für mehrere Tage (Herz, Leber, Schilddrüse etc.) in eine Tüte gepackt wurden, wunderten wir uns, warum Wilbert und Acaro nicht im Garten waren. Als ich unten nachsah, wusste ich, warum. Sie hatten die Tasche ausgepackt und alle Tabletten gefressen. Großes Entsetzen – ich fuhr wie eine Verrückte in die Klinik mit ihnen.

Das letzte Abenteuer, das mich halb wahnsinnig machte, war Xavi, der das Hörgerät meines Vaters zerbissen hatte. Zum Glück aber nicht die Knopfbatterie verschluckt. Als diese im ersten Moment nicht aufzufinden war, rief ich panisch den Giftnotruf. Das Problem ist, dass diese kleinen Dinger Strom abgeben und Löcher in die Speiseröhre brennen. Sie müssen also definitiv aus dem Hund geholt werden.

Das Glück war uns hold – die Knopfbatterie tauchte auf, so dass ich den Notarzt wieder absagen konnte.

Bei Lebensmitteln fand ich es verständlich, dass diese gegessen wurden. Bei Medikamenten und Hörgeräten ging meine Vorstellungskraft wirklich nicht so weit. Nun wissen wir das und natürlicher wird alles in Sicherheit gelegt. Aber das waren wirklich immer Dinge, die doch wirklich nicht wohlschmeckend und wohlriechend sind.

Inzwischen hat sich das alles sogar ein wenig gelegt. Xavi zerstört eigentlich lieber Dinge. Derjenige, der wirklich fast alles gefressen hat, war Acaro und er ist diesbezüglich inzwischen auch wesentlich gemäßigter geworden. Vermutlich lag es einfach an seiner Vergangenheit, in der er wohl sehr gehungert hat. Nun hat er – auch wenn er es abstreiten würde – immer ein gefülltes Bäuchlein. Er ist zwar einer der Hunde, die essen können, was sie wollen und nie viel Masse bekommen, aber er bekommt definitiv genug zu essen und auch Dinge, die schmecken und gesund sind. Seit einiger Zeit zeigt er sogar Vorlieben, was ein großer Schritt in die richtige Richtung ist. Er bestiehlt niemanden mehr beim Essen. Er klettert nicht über Tische und Bänke, um an

Essen zu kommen. Man kann etwas Essbares kurzzeitig auf dem Tisch oder der Anrichte stehen lassen.
All das ging mit winzigen Schritten, aber es ging voran...

Wilbert stiehlt kein Essen. Bei ihm kann man vollkommen unbesorgt sein. Er weiß, wenn einer von ihnen an etwas interessiert ist, was einer von uns zu sich nimmt und sie es vertragen, bekommen sie häufig eine Kostprobe. Kein Grund also zur Aufregung.
Xavi ist im Grunde der Typ, der nicht verfressen ist, sondern einfach aus Spaß an der Freude und weil dann ordentlich Action ist, Dinge stiehlt. Das muss nichts Essbares sein, es können Gegenstände sein. Wichtig ist, dass man sie evtl. zerstören kann, damit die Menschen schnell genug hinter einem her rennen. Sonst ist es doch langweilig.
Gut, er lief schon mit Futtertüten durch den Auslauf, deren Öffnung er nach unten hielt und diese zur Freude aller anderen verteilte. Er ist ein sehr beliebter Hund.

Er weiß genau, wie man bei einer PET-Flasche den Verschluss abschraubt (wir wollten ihn schon zur open bottle-Challenge anmelden). Xavi ist einer der Gründe, warum wir wieder einen Soda Stream gekauft haben.
Zahllose Jacken mussten wir Xavi bereits abjagen, die er durch die Gegend zog.

Es ist schon immer ein Abenteuer, was für einen Unsinn er sich immer einfallen lässt. Leider weiß man das meist erst später.

Gute Nacht-Geschichte für Hunde

Mein lieber Hund, weißt Du noch, an dem Tag als ich Dich nach Hause holte? Gleich, ob aus dem Tierheim oder von einem Züchter, der Dich liebevoll geprägt hat. An dem Tag habe ich versprochen, immer auf Dich aufzupassen, Dein Bäuchlein täglich zu füllen und Dir ein weiches, gemütliches Bettchen in einem beheizten Wohnraum zu bieten.
Ich habe Dir versprochen, Dich vor Gefahren zu

schützen, egal, ob sie von Tieren, von Menschen, von Autos oder Giftmüll ausgehen. Immer vor Dir zu stehen, wenn Du ungerecht behandelt wirst. Wer Dir etwas antun will, muss erstmal an mir vorbei.

Du bekommst täglich leckeres und gesundes Futter, was gut verdaulich für Dich ist und was Dich gesund erhält.
Dein Spielzeug ist TÜV-geprüft, ohne Schadstoffe und bereitet Dir Freude. Auch körperlich spiele ich täglich mit Dir, ich habe Dir von Anfang an beigebracht, was eine Beißhemmung ist, dass man nicht zu grob mit uns Menschen umgeht.

Natürlich bekommst Du jeden Tag interessante Spaziergänge, Sport und Spiel, damit Du sowohl körperlich fit bleibst als auch geistig gefördert wirst.

Gewaltlose Erziehung, Respekt vor anderen Lebewesen und Geduld, wenn etwas nicht sofort klappt, sind selbstverständlich. Klarheit in der

Körpersprache und in Worten – darüber brauchen wir schon gar nicht zu sprechen, das ist selbstverständlich.

Und learning by doing – ich bin Dir ein Vorbild und da Du Dich an mir orientierst, wirst Du mich in gewisser Weise spiegeln.

Ich informiere mich über Neuigkeiten in der Hundewelt. Was ist erforscht worden, wie lerne ich Dich noch besser kennen? Gibt es neue Sportarten, neue Erkenntnisse in der Erziehung? Neue Verhaltensforschungen?

Selbstverständlich mache ich mich über Deine Rasse(n) genauestens kundig und erfülle die Bedürfnisse, die Du hast und versuche nicht, Dich in ein Schema zu pressen, dass für Dich nicht passt.

Mein lieber Hund, das sollten Grundsätze sein, die jeder Hundehalter für seinen Hund erfüllt. Leider ist das nicht so und deshalb nenne ich es eine Gute Nacht-Geschichte.

Manipulative Intelligenzbestien

Meine Hunde sind sehr intelligent. Gut, dass denkt fast jeder über seinen Hund. Viele setzen Intelligenz allerdings mit blindem Gehorsam gleich, wie auch bestimmte Wissenschaftler, die über Hunde forschen. Diese Wissenschaftler scheinen mir auch nicht gerade die hellsten Kerzen auf der Torte zu sein, denn sie haben auf ihrer Liste an die Spitze Hunde gesetzt, die einen starken will to please haben und immer weiter ans Ende sind Hunde, die für ihre Eigenständigkeit gezüchtet wurden, gerutscht.

Meine Hunde sind selbständig in ihrer Art und Weise, ihre Art ist seit Jahrhunderten darauf angewiesen. Sie denken und stellen daher Anweisungen in Frage und wenn sie vollkommen unsinnig ist oder sie zum 20. Mal einen langweiligen Befehl ausführen sollen, ist das unnatürlich für sie und sie tun es nicht all die Male.
Windhunde – und auch viele andere Jagdhunde – sind nun mal für das selbständige Arbeiten

gezüchtet und in vielen Situationen sind sie auf ihre Instinkte angewiesen gewesen und mussten selbständig entscheiden, was das Beste für sie war. Man liebt und schätzt das oder man holt sich einen Schäferhund, Australian Shepherd oder Border Collie, der nicht für das selbständige Arbeiten und Denken gezüchtet ist, sondern auf unterschiedliche Pfiffe des Schäfers bzw. Hundeführers reagieren muss. Diese Hunde sind nämlich nicht kilometerweit entfernt. Windhunde/Jagdhunde ja – mit evtl. wehrhaftem Wild; sie müssen ihren Weg allein zurück finden; sie müssen entscheiden, wann sie ihre Jagd fortsetzen oder abbrechen usw.

Jagdhunde sind sehr alte Hunderassen, speziell die Podencos und die Windhunde sind sehr, sehr alt, gehen mitunter auf die alten Ägypter zurück. Dieses selbständige Verhalten wurde ihnen angezüchtet. Man akzeptiert und liebt das Verhalten – oder man nimmt einen anderen Hund zu sich.

Möchte ich spazieren gehen und Acaro findet „Nein, das Wetter ist mir zu kalt und nass: soll die mal allein gehen, ich bleibe auf dem Sofa liegen!", versuche ich manchmal den alten Trick. „Tschüß, Acaro!" und mache ein paar Schritte, Hausür auf und zu. Denkt jetzt jemand, er bewegt sich zu mir: Nein. Acaro sieht aus dem Fenster, ob ich die Treppe hoch gehe. Nein? Nun, dann ist sie wohl noch hier...

Auch haben die drei sehr gut raus, wie ich mich manipulieren lasse, wenn sie z. B. noch länger im Auslauf bleiben möchten. Sie werden gerufen, kommen natürlich brav und lassen sich anleinen. Da sie wissen, dass ich sie gerne damit belohne, sie nochmal los zu lassen, wenn sie Andeutungen machen, noch einmal rennen zu dürfen, nutzen sie das mit bittenden Augen durchaus manchmal aus. Xavi, der ja noch im rüpeligen Alter bzw. wieder im rüpeligen Alter ist, überhört gerne mal seinen Rückruf. Also geht es los, Xavi holen und dann ein paar Übungen machen, um ihn daran zu erinnern, dass er vielleicht doch etwas gelernt hat. Einige Male passierte es dann, dass Wilbert und Acaro wesentlich schneller bei ihm waren, Spielaufforderungen machten und ich ihn dann zwar aus dem Spiel abrufen konnte, aber im Grunde war dann vergessen, dass ich ihn gerufen hatte. Dieses Hunde-Volk hält zusammen wie Pech und Schwefel, da muss sogar ich manchmal mit meinen nicht gerade hängenden Ohren schlackern.

Manchmal können die drei in ihrer Cleverness sehr süß sein.
Gehe ich zu meinem Gassi-Hund, sage ich natürlich „Schön brav sein, ich gehe jetzt zu Herrmann". Es ist dann schon geschehen, dass Acaro mir Spielzeuge brachte und mich mit seinen Galgo-Augen ansah: „Biiitte, ich kann doch mit Dir spielen! Du muss doch nicht zu Herrmann gehen!"
Komme ich vom Spaziergang, die drei sind noch im Auto und ich erwähne „So, jetzt aber flott, ich muss jetzt zu Herrmann, der möchte auch versorgt werden", ist es schon vorgekommen, dass Acaro stur im Auto blieb und auch nicht raus zu locken war.
Dabei mögen sie Herrmann.
Damit möchte ich nicht sagen, dass Hunde ausschließlich intelligent sind, weil sie Freigeister

sind. Hunde werden – und wurden – zu unterschiedlichen Zwecken gezüchtet. Leider sind die wenigsten Halter von Hunden, die zum Gehorsam und zur Kooperation gezüchtet wurden, oftmals nicht ganz so tolerant und glauben oft voller Überzeugung, dass ihre Hunde die intelligentesten sind, weil
sie eben gehorsam sind.

Das ist sehr schade.

Erkrankungen

Hunde werden manchmal krank. Auch unsere. Wenn man noch so lebensfreudig-rasant ist, ganz besonders. Dann verletzt man sich auch durchaus schon mal – im Gebüsch ein paar Dörnchen oder man reißt sich an einem Wildzaun, dessen Zacken nach oben zeigten, gleich den kompletten Bauch auf, wie Xavi letzten Sommer.

Was diese Verletzungen und Krankheiten allesamt gemeinsam haben: Sie sind überflüssig und kostspielig.

Und bei kostspielig kommen dann gerne wieder mal Leute ins Spiel, die tatsächlich fragen „Wer bezahlt Euch das denn? Ein Tierschutzverein?"

Mein werter Gatte war jahrelang mit ein paar Holzköpfen befreundet, die uns das regelmäßig fragten.

Diese waren auch in allerlei anderer Hinsicht besserwisserisch veranlagt und dank unseres verstorbenen alten Barras längst Geschichte.

Allerdings werden wir auch so häufig genug gefragt „Was hat das denn gekostet?". Ist doch egal, solange wir unsere Rechnungen bezahlen können.

Scheinbar gehen auch manche davon aus, dass man, wenn man mehrere Hunde hat, keine Basispflege oder -untersuchungen durchführt und an ihnen spart.

Man kann davon ausgehen, dass man (da solche Leute ja immer in Euro denken), man schon allein

aus Kostengründen eben nicht an so etwas spart –
denn wird ein Hund aus Vernachlässigung krank,
zahlt man ja doppelt und dreifach.
Ich für meinen Teil bin lieber einmal zu viel beim
Tierarzt als einmal zu wenig – u. a., weil ich nachts
einigermaßen sorgenfrei schlafen möchte.

Einmal wusste ich gar nicht, ob ich mich ärgern
oder lachen sollte.
Auf der Hundewiese war Giardien-Alarm. Eine
Hündin wurde für einige Wochen „aus dem
Verkehr gezogen", bis sie wieder gesund war.
Zwei Großmäuler „Wir sollten alle Hunde testen
lassen".
Die gesamte Hundewiesen-What`s App-Gruppe
jubelte „Ja, sollten wir" usw.

Da ich mir tatsächlich um meine Hunde Sorgen
machte und nicht wollte, dass sie, falls Befall sein
sollte, möglichst früh besagte Giardien
ausmerzen wollte, ließ ich sie per Kotproben
testen.

Meine Hunde waren alle drei komplett frei von

Parasiten jeglicher Art.

Es wagte doch tatsächlich eine Hohlbirne zu schreiben (in besagter What`s App-Gruppe), dass es aber nicht heiße,, wenn kein Wurm gefunden worden wäre, seien auch keine Wurmeier im Hund. Dreimal kurz gelacht – Bio 6, setzen! War zuerst das Huhn oder das Ei???

Übrigens war ich tatsächlich die einzige, die ihre Hunde testen ließ und allen „Ja, wir lassen unsere Hunde alle testen", war dieser Test zu teuer! Aber „ich habe noch keine Würmer in seinem Kot gesehen". Ebenfalls dreimal kurz gelacht – die sieht man nur in extrem seltenen Fällen. Die meisten Würmer verbleiben im Hundedarm.

Insgesamt bekommen unsere Hunde lieber die tierärztliche „Chefarzt"-Behandlung, als das wir an ihrer Gesundheit sparen.

Natürlich mache ich uns auch gerne Pflanzliches zu Nutze und sie werden sanft geheilt. Allerdings gibt es nun mal auch nicht nur Wehwehchen und man benötigt einen Arzt.

Küchen-Philosohie

Viele Hunde dürfen nicht in die Küche. Wir haben einen offenen Wohn-/Ess-/Küchenbereich, wie ich es liebe. Man kann kochen und ist gleichzeitig in Gesellschaft. Für mich ist das ein Teil, der Gemütlichkeit und Familie ausmacht.

Natürlich habe ich keinerlei Chance, meinen Hunden zu verbieten, in die Küche zu kommen. Möchte ich aber auch gar nicht. Ich freue mich, wenn mindestens eine Nase erwartungsvoll bei mir ist und mich daran erinnert „Ich mag Deine Küche".

Aus Prinzip bekommt jeder Hund, wenn es Nudeln gibt, je eine rohe Nudel. Natürlich bleiben auch meist Nudeln für den nächsten Tag zum Frühstück für die drei übrig. Oder eben – ich sehe entsetzt geweitete Augen vor mir! - als Schmankerl vom Tisch.

Zwischendurch darf mal eine Frischkäse- oder Naturyoghurt-Packung ausgeschlabbert werden. Gibt es Gemüse, dass Wilbert, Acaro und Xavi mögen und gut vertragen, werden die Gemüsereste (z. B. Fenchel) ebenfalls für den nächsten Tag für sie gegart.

Und man wird gar nicht glauben, welche Party es gibt, wenn ich jedem ein Mini-Portiönchen meines vegetarischen Gerichts auf Tellerchen gebe. Mit einer fetten Schweinshaxe könnte man ihnen sicherlich kaum eine größere Freude bereiten!

Es ist sowieso hochinteressant zu sehen, welche Beilagen und Gemüse jeder der drei bevorzugt. Sicherlich fragen Sie sich nun, ob meine Hunde nun nicht am Tisch dauerbetteln? Nein. Wilbert und Acaro bleiben zwar vorsichtshalber nebem dem Tisch liegen – es kann ja immer sein, dass ich (fr)esse wie ein Barbar. (Ich weiß, eigentlich waren die Barbaren ein sehr zivilisiertes Volk.) Aber i. d. R. wird gewartet, bis ich fertig bin mit essen und sie sehen, dass ich eindeutig etwas für sie auf Tellerchen lege oder abschneide (z. B. ein

Stückchen Pizza-Rand – immer essen wir auch nicht top-gesund und diese Köstlichkeit enthalte ich den Hunden auch nicht vor).

Ein wenig diebisch veranlagt ist Acaro, wenn man nicht hinsieht. Er würde auch, wenn man ihn ließe, seine Galgo-Zunge in unsere Töpfe und Pfannen stecken, wenn ich mich umdrehe und das Geschirr spüle. Ansonsten denke ich „Karma" - Großzügigkeit ist nun wirklich keine schlechte Eigenschaft und es gibt auch ein wenig Gemeinschaftsgefühl, wenn uns gemeinsam etwas schmeckt oder ich im Supermarkt einkaufe und überlege „Staudensellerie im Angebot, prima. Ich mache sie mir in ein Reisgericht und dann können die Hunde noch zwei Portionen davon gekocht bekommen".

Manu

Als Manu krank wurde, kam es einer Katastrophe gleich. Ich möchte gar nicht ausführlich darauf eingehen, aber er fiel immer wieder um. Sein

Herzchen war sehr krank. Daher habe ich mit der Uniklinik Gießen Kontakt aufgenommen, um ihm einen Herzschrittmacher einsetzen zu lassen. Es wurde ein Langzeit-EKG gemacht, Blutwerte, -zig Herz-Doppler. Leider kam es dazu nicht mehr, denn er bekam Bauchwassersucht und diese stammte von einem Lebertumor.

Manu wollte nicht gehen, als es schließlich soweit war. Er hatte Echo-Atmung, liegen war nur sehr schwer möglich mit mehreren Litern Flüssigkeit im Bauch und die schwachen Beinchen zitterten beim Sitzen.
Es war an der Zeit, ihn gehen zu lassen.
Leider kämpfte er gegen den Tod so an, dass er mehrfach nachgespritzt werden musste. Die Tierärztin, eine Vertretung, meinte, es sei wegen der Herzmedikamente. Aber Barras, Stasky und Leo bekamen auch Herzmedikamente, besonders lange Leo. Und sie gingen sehr leicht aus dieser Welt, kämpften nicht mehr. Daher bin ich mir sicher, dass es nicht an den Medikamenten lag. Es war sehr hart, darüber hinweg zu kommen, dass er so gar nicht gehen wollte.

Gerne hätte ich ihm noch lange seine Medikamente gegeben, ihn getragen, wenn es sein musste, ihm schöne Mahlzeiten gekocht, damit er aß.

Lange Zeit hat es mich noch belastet.

Wenn ich die Welt neu erfinden könnte...

In meiner Welt würde kein Tier leiden. Jedes Haustier hätte ein liebevolles Zuhause. In dem Zuhause würde ganz individuell auf seine Bedürfnisse eingegangen.
Kein Tier müsste in seinen und anderer Tiere Exkremente stehen, hungern, frieren, sich wund liegen, an einer Kette hängen. Alle hätten gemütliche, artgerechte Behausungen, ihre Bäuchlein wären immer gefüllt, sie hätten Wasser in Hülle und Fülle.

Jedes Tier könnte sich seiner Art entsprechend ausleben – ob auf grünen Wiesen und Feldern oder in Wäldern, in Seen, Teichen oder im Meer.

Es gäbe keine sog. Nutztiere, keine
Massentierhaltung. Die Tiere, die für meine
Hunde, für Katzen usw. leider geschlachtet
würden, haben ein gutes Leben geführt und
schnell und schmerzfrei getötet. Jedes Tier
würde die Sonne und den Himmel kennen, Gras
unter den Pfoten oder Hufen.
Hühner hätten genug Platz und die Möglichkeit,
innen und außen zu sein, ganz nach Lust und Laune.

Kein Tier säße traurig im Tierheim oder gar in
einer Tötungsstation, wo es auf sein Ende wartet.
Kein Tier würde missbraucht, ausgebeutet oder
misshandelt. Es würde auch keins als „hässlich"
oder „unattraktiv" oder „dumm" bezeichnet. Kein
Tier hätte die falsche Farbe, ein zu hohes Alter
oder zuviel Krankheiten, um geliebt zu werden.

Jedes Tierchen, auch das kleinste, würde mit
Respekt behandelt.
Und da ist wieder das Ende vom Lied – auch ich
behandel Flöhe, Zecken, Milben usw. nicht mit
Respekt und Liebe, sondern befreie meine Tiere
bei Befall von ihnen. Gnadenlos für diese kleinen

Insekten.

Aber es ist doch trotzdem schön zu träumen und
Ideale zu haben...

Wilbert, der Menschenkenner

Wilberts Geschichte beschrieb ich bereits in
meinem Buch „Einfach Hund sein". Er dürfte dem
geschätzten Leser bekannt sein (falls nicht, es
ist immer noch erhältlich) und wie er mich gezielt
ausgesucht hat.

Mein kleiner, großer Wilbert ist ein wahrer
Menschenkenner. Wenn er jemanden mag, weiß
ich, dass man sich auf die Person zu 99 %
verlassen kann. Dann ist das eine ehrliche Haut.
Einen Großteil der Menschheit findet Wilbert
neutral. Nie würde er sich von diesen anfassen
lassen, er kommt denjenigen auch nicht wirklich
nahe. Er freut sich, wenn jemand von ihnen ihm
ein Leckerchen anbietet und nimmt das in dem
Fall auch. Aber anfassen, ins Geschirr greifen –

never!

Personen, die Wilbert nicht mag, sind mit
Vorsicht zu genießen. Er merkt genau, ob jemand
ein von Grund auf guter oder eher schlechterer
Mensch ist.
Er ist inzwischen ein guter Maßstab für mich
geworden. Besonders, weil wir sowieso schon
häufig eine ähnliche Meinung vertreten.
Möglicherweise muss man sich auch fragen „Wer
war zuerst – das Huhn oder das Ei?" Aber es ist
einfach oft etwas dran – Unsympathlinge werden
nun mal nicht sympathischer.

Wilbert verschenkt sein Herz auch nicht leicht –
im Gegensatz zu Xavi. Der ist offen und
freundlich zu fast jedem und gibt allen eine
Chance, bis sie ihm das Gegenteil beweisen.
Wilbert umgekehrt – er ist erstmal verhalten und
„Brauch ich nicht", bis man ihm in mühevoller
Kleinarbeit das Gegenteil bewiesen hat und selbst
dann ist Wilbert oft nur mäßig überzeugt.
Umso mehr ist es für mich immer wieder ein
Wunder, dass Wilbert sofort mich ausgesucht

hat, als wir uns kennen lernten.

Ich bin sehr froh, dass es so unkompliziert und schnell vonstatten ging und nicht irgendjemand den jungen Hund mitgenommen hat à la „Wird schon werden". Das klappt bestimmt bei vielen Hunden. Aber Wilbert hat einen sehr starken Willen, seine Prinzipien und ist eine starke Persönlichkeit. Hat er sich jemanden ausgesucht, wird demjenigen fast alles verziehen. Umgekehrt kann ein anderer kaum je einen Blumentopf bei ihm gewinnen und wenn er sich noch so anstrengt.

Auch zeigt Wilbert stark an, wenn er sich bei jemandem nicht wohl fühlt. Im Sommer haben wir Bekannte besucht, die gerade umgezogen waren. Acaro und Xavi fanden es okay. Immerhin war es ein Familienausflug.

Wilbert stand ausschließlich am Tor. Da wir nicht nach fünf Minuten gehen wollten, beschloss er, die Sache selbst in die Pfote zu nehmen und wollte sich durch die Hecke zu unserem Auto drängen.

Mutti-Zeit

Wenn man mehrere Hunde hat, sollte man es sich zur Regel machen, ab und zu etwas alleine mit jedem zu machen. Das kann ein Hobby sein (einer fährten, einer Agility oder so etwas) oder einfach Spaziergänge.

Da unsere Hunde die gleichen Interessen haben (sie sind sich einfach zu ähnlich), gehe ich mit ihnen dann und wann getrennt spazieren. Der letzte Abendgang – ca. 15 Minuten – und donnerstags bekommt jeder einen Spaziergang allein mit Frauchen. Da ich den Gang dreimal mache, ist das natürlich anstrengend für mich, aber es ist schön!
Ich sehe die riesige Freude und die Party, die anschließend veranstaltet wird. Die Zeit stärkt natürlich auch die Bindung, man konzentriert sich ganz anders auf jeden Hund. Es ist einfach eine sehr schöne Zeit. So gerne ich mit allen drei Hunden im Rudel gehe, genieße ich aber auch die Zeit mit jedem allein.

Währenddessen kann ich individuell auf jeden eingehen, denjenigen fordern und fördern, an dieser oder jener Macke gezielter arbeiten.

Es ist einfach Zeit für unsere beiden Seelen.

Sobald ich zu meiner Jacke und einem Geschirr greife, wissen alle, was Sache ist. Blöd finden es diejenigen manchmal etwas, wenn sie warten müssen. Gut, wer kennt das nicht?! Auch Menschen können mitunter sehr ungeduldig sein. Dafür werden die drei dann mit tollen Gängen belohnt.

Dabei darf ich natürlich auch nicht verschweigen, wie glücklich ich bin, mit meinen drei Jungs zu laufen und mit ihnen die Natur zu genießen. Ich bin sehr oft sehr stolz auf sie, wie souverän und friedlich sie oft agieren und wie sehr wir als Familie zusammen gewachsen sind.

Nette Gesellen

Wer meine Teenie-Episoden liest, muss automatisch denken „Meine Güte – was sind das für schreckliche Hunde und die Olle ist ja eine absolute Hexe". Ich glaube aber, wer ehrlich zu sich selbst ist, dem kommt die ein oder andere Episode in möglicherweise abgewandelter Form bekannt vor.

Nun ist es aber so, dass die drei nicht nur auf unverschämt und ungezogen zu reduzieren sind. Im Gegenteil. Natürlich gibt es Zeiten, zu denen jeder mal vergessen hat, was ich ihm beigebracht habe. Es wäre nicht normal. Jeder, der Hunde und/oder Kinder hat, kann wohl ein Lied davon singen.

Aber sie haben auch die andere Seite. Die liebe, süße, nette Seite.
Wenn sie alles für einen tun, was man verlangt. Leichtführig wie Federn, glücklich, wenn sie etwas richtig machen, fast platzend vor Stolz über Lob.

Abends drehe ich mit jedem eine kleine Einzelrunde. 10-15 Minuten. Mutti-Zeit für jeden von ihnen. Dann freuen sie sich wie das sprichwörtliche Schnitzel. (Wie freut sich ein Schnitzel? Keine Ahnung – so wie meine Hunde eben!) Dann gehen wir daher, jeder von ihnen ist stolz, wenn er gelobt wird. Alle warten brav, wie sie es gelernt haben, auf mein „weiter", wenn wir die Straße überqueren. Alle drei gehen brav ohne zu ziehen oder anderen Unsinn zu machen, neben mir an der von der Straßenseite abgewandten Seite. Machen höflich Platz, wenn uns jemand entgegen kommt.

Kommen wir wieder zurück, gibt es eine freudige Tobe-Einheit, so sehr genießt jeder von ihnen diese Gänge.

Zuckersüß werde ich jeden Abend von Acaro darauf aufmerksam gemacht, indem er demonstrativ an der Treppe steht und zu mir guckt, „es ist jetzt Zeit, ins Bett zu gehen". Das empfinden Sie als fordernd?! Das ist es natürlich auch. Aber ist eine Forderung nach erholsamem

Schlaf, zur Ruhe zu kommen, eine schlimme oder unverschämte Forderung? Ich finde nicht. Im übrigen rührt es mein Herz sehr, da auch schon mein Stasky das Gleiche getan hat.

Morgens, nach dem allerersten Pipi-Gang im Garten, kommen Wilbert und Acaro zu mir und dann wird eine Kuschelrunde eingeläutet. 5-10 Minuten schubbeln die Ihre Köpchen an mir, lassen sich kraulen und beschmusen mich, bis sie bereit sind, nun ihr Frühstück gemacht zu bekommen. Xavi liegt während dessen noch im Bett und harrt der Dinge, die da kommen. Zum Frühstück kommt er nach unten.

Xavi schläft immer an mich gekuschelt unter der Bettdecke. Er liebt das. Auch Wilbert nächtigt gerne an meiner Seite im Bett. Er liegt sehr ruhig und schläft tief und fest. Xavi hampelt zwischendurch mal hin und her, wenn die Decke nicht richtig liegt.
Acaro liegt in einem der Hundebetten, zugedeckt. I. d. R. strampelt er sich zwischendurch auf, genießt dann, dass ich ihn erneut zudecke und ihm

über das Köpfchen streichel. Träumt er schlecht, wird gejammert und ein Streicheln und gutes Zureden lässt ihn wieder wohlig grummelnd in den Schlaf sinken. Manchmal kommt er auch einfach kurz ans Bett, um kurz angeschmust zu werden, da er leichte Sehnsucht verspürt.

Als wir mit den dreien in den Urlaub fuhren, haben wir neben hundegerechten Gängen auch Sehenswürdigkeiten angesehen. Burgen, Schlösser, kleine Städte. Tapfer und sich bestens benehmend marschierten sie mit uns als hätten sie nie etwas anderes getan. Ich glaube, ich kann mit Fug und Recht behaupten, dass wir niemandem negativ aufgefallen sind.

Sind das nicht alles Gründe, stolz auf seine Vierbeiner zu sein?!
Die drei sind hochsensibel. Sie spenden Trost, wenn man ihn braucht, sie sind unheimlich anpassungsfähig an jede Situation. Selten werden Hunde gefragt, ob ihnen ein Ausflug, ein Besuch, ein Kurzurlaub gerade passt. Trotzdem sind sie immer treu und das Beste aus allem machend an

meiner Seite.

Gespräch zwischen normalen Hundehaltern und einem noch normalen Menschen (ein Aussie)

Frau Podi: "Die Hundepullis habe ich wieder gefunden. In einer Kiste."
Frau Windi: "Mensch, wo Du es sagst - momentan gibt es soviel tolle Hunde-Sachen reduziert. Ich könnte kaufen und kaufen...
Nun waren zwei Exclusive - Jumper in Xavis Größe. Was mich davon abhielt, war, dass Wilbert dann als einziger im günstigen Jumper rum läuft und alle anderen in exclusive. Und so phantastische Mäntel. Aber sie sind eingedeckt. Acaro musste dieses Jahr größere bekommen. Wilbert trägt seine nun, sie hatten bis letztes Jahr die gleiche Größe und nun trägt Wilbert eine Nummer kleiner. "

(...)

Frau Podi: " Ginny hielt mich die Nacht wach. Sie stand vor dem Bett und fiepte. Sie wollte nicht raus. Ich habe es probiert. "

Aussie-Dame zaghaft " "Vielleicht wollte sie ins Bett? "

" Sie darf ins Bett und ich habe sie auch rein gesetzt, aber sie sprang wieder raus. Mein Mann meinte dann, sie hätte Hunger. "

Frau Windi: "Meine haben mich auch die letzten Nächte wach gehalten. Wilbert schläft nicht gerne unten am Ende des Bettes, sondern macht sich lang und Xavi ist am liebsten beim Kopfkissen und unter der Decke. War ein ziemliches Hin und Her die letzten Nächte. Dann drehte Acaro noch immer Runden im Zimmer und ich musste ihn wieder zudecken. "

Aussie:" Zudecken? "

"Er kühlt ja sonst aus. Naja, jedenfalls lag es daran, dass sein Kissen nicht ordentlich genug aufgeschüttelt war."

Aussie:" Deine Hunde sind ganz schön verwöhnt! "

Podi entsetzt :" Ja, hat der arme denn keinen Schlafanzug??? Kalle hat einen Schlafanzug. "

Windi:" Er hat zum Schlafen einen Bademantel, aber er mag Kleidung beim Schlafen nicht so. "

Totenstille bei Frau Aussie. Dann:" Ich gehe jetzt nach Hause. "

Das ist natürlich eine Geschichte, die das Leben schreibt und die hunde-verrückten Menschen passieren kann. Allerdings muss ich anmerken, dass alle meine Hunde aus dem Tierschutz stammen und nicht mit dem goldenen Löffel in der Schnauze geboren wurden. Mein Herz schlägt für diese Tiere und ich weiß sehr gut, dass meine Hunde es nun sehr, sehr gut haben und während ich mir Gedanken mache, welches 20. Jöppken schön für sie sei, sitzen andere in Zwingern und frieren und hungern. Daher sortieren wir strikt aus, wenn wir etwas Neues anschaffen und spenden es. Wir sammeln Decken, Leinen, Halsbänder – alles, was Tiere brauchen können – und geben es an Tierschutzvereine. Ebenso Bücher, Deko usw., was gerne auf Flohmärkten verkauft wird. Zusätzlich spielen wir den Wichtel für einen Tierheim-Insassen, damit dieser an Weihnachten ein wenig Freude im tristen Alltag hat und vielleicht etwas Brauchbares oder ein tröstendes Stofftier, eine warme Decke.

Wir werden also nicht einfach weg sehen und Chi-Chi für unsere Hunde kaufen.

Öffentliche Auslaufflächen

Das sind Flächen, die ich meide wie der Teufel das Weihwasser! Ich fühle mich dort nicht wohl. Oft trifft man die schlimmsten menschlichen Rüpel. Das die meisten ihre Hunde nicht im Geringsten lesen können, ist ja leider kein Geheimnis. So kannte ich eine Frau, die prinzipiell die Angriffe ihrer Hündin auf andere, die flach auf dem Boden lagen, während ihr Rollmops über ihnen lag, als „Spielanträge" deutete.

Wieder andere, das habe ich bereits in einem anderen Kapitel geschrieben, stopfen in jeden Hund, der nicht an kurzer Leine geführt wird, ihre Leckerchen hinein. Selbst bei Maulkorbträgern.

Wiederum andere lassen ihre Hunde in bestehende Hundegruppen böllern und wenn die Hunde dann freundlich oder halb freundlich auf denjenigen eingehen, wird gekreischt „Halten Sie Ihre Hunde fest! Meiner will hier frei laufen!"

Grundsätzlich stapft man durch Exkremente, da die wenigsten einsehen, ihre Tretminen im Müll zu entsorgen, da die kostenlos zur Verfügung gestellten Kotbeutel gerne zum Einfrieren irgendwelcher Dinge genutzt werden. Dessen wurde ich schon oft belehrt.

Nimmt man seinen Hund kurzzeitig an die Leine, aus welchem Grund auch immer, kommt garantiert ein grätziger Hund zu einem, läuft hinter dem momentan angeleinten Hund her und man wird angekreischt „Hier ist eine Freilauffläche!".

Gerne findet man auch Jogger auf öffentlichen Freilaufflächen, die plötzlich um eine Ecke schießen, über Hunde fallen, da sie es nicht nötig haben, aufzupassen, dass sie niemanden umrennen, und dann wird gebrüllt „Ich habe Angst vor Hunden!".
Oder kleine, noch unsicher laufende Kinder, ausgestattet mit etwas Essbaren werden quer über eine Hundewiese geschickt, selbstverständlich ohne erwachsene Aufsicht, denn die stehen gerne handyglotzend und

rauchend in der Gegend herum.

Da es ja keinen geeigneteren Platz gibt, werden auch bevorzugt Picknicks abgehalten. Da werden Grills aufgebaut (verbotenerweise), Bratwürste und Steaks verbreiten einen für die Hunde einen verlockenden Duft (wie ja sogar für menschliche Fleischesser) und wehe, ein Hund holt sich unter höchster Verletzungsgefahr etwas vom Grill – da ist aber Hauen und Stechen angesagt.
Wird den Grillenden mitgeteilt, dass es dort sowieso untersagt sei und es spezielle Grillplätze gibt, glauben Sie nicht, was für Ausdrücke einem an den Kopf geworfen.werden.
Übrigens könnte man von den Essensresten, die dort entsorgt werden, halb Afrika ernähren.

Bittet man einen Halter, seinen permanent rammelnden prolligen Rüden von seinem alten Hund herunterzunehmen, bekommt man meist zu hören „Der hört sowieso nicht". „Wie wäre es dann mit anleinen, wenn er nicht abrufbar ist?!" Aber bitte – ein Großteil dieser Genies haben nicht mal eine Leine mit, denn „das ist ja eine

Freilauffläche".

Bevor ich zu einem weiblichen Jack, the Ripper
(also Jaqueline?) werde, vermeide ich also
Besuche dort und investiere lieber Geld in private
Ausläufe anstatt in Rechtsanwälte, die meine Tat
vielleicht von Mord auf Totschlag herunter
handeln können.

Seelenhunde

Seelenhunde. Ich habe kürzlich wieder über sie
gelesen. Es mag sein, dass jemand diesen Begriff
kitschig findet. Vielleicht zu spirituell.
Dennoch bin ich sicher, jeder weiß, was gemeint
ist.

Und ja, es gibt sie, die Seelenhunde, genau, wie es
die Seele gibt. Beides ist genauso real wie Herz,
Lunge, Nieren, Milz, Arme, Beine... Diese Existenz
würde ja auch niemand bestreiten.

Womit ich nicht konform gehe, ist, dass man sie
nur selten, evtl. nur einmal im Leben findet.

85

M. M. n. muss man sein Herz ♥ weit genug öffnen und einen Hund akzeptieren, wie er ist. Nicht ständig denken, wie er sein sollte, denn man hat sich diesen Hund mit diesem speziellen Charakter ausgesucht und der Hund hat sich uns ausgesucht.

Mir wurde häufig gesagt, es MÜSSE einen meiner Hunde geben, den ich nicht so gemocht hätte. Es MÜSSE einen geben, den ich nur aus Verantwortungsbewusstsein behalten hätte.

Warum??? Warum MUSS ich empfinden, was mir fremde Leute befehlen wollen? Die mich oberflächlich kennen.

Und als Gegenfrage: Welcher meiner wunderbaren Hunde hätte NICHT mein über alles geliebter Seelenhund werden können?!

Der gute, alte Barras, der nach 10 Jahren von der Kette kam und fast die gleiche Zeit noch einmal bei uns gelebt hat? Der treu an meiner Seite war, mir jungem Ding eine Menge Fehler verziehen hat, zu jedem lieb und gutmütig war, sich aber vor mich gestellt hat, wenn seiner Meinung nach Gefahr drohte? Der vorsichtig mit der kleinsten Kreatur war und ein liebenswertes gefrässiges Kerlchen, auf das ich mich immer verlassen konnte!

Oder Stasky, der schwer verletzt zu mir kam und vom ersten Moment an, sein Herz ♥ für mich öffnete und mir sein Vertrauen schenkte, sein Leben in meine Hände legte?
Der jede schmerzhafte Behandlung und Physio mit machte, sich aber lieber die Pfote hätte

abhacken lassen als auch nur in meine Richtung zu knurren, geschweige denn zu schnappen?

Leo, der gutmütige, lustige Knopf, der mit jedem auskam, immer freundlich und fröhlich war. Der von überschäumendem Temperament war, einen ansteckte mit seiner Lebenslust.
Und der ein medizinisches Wunder war.
Dessen Augen sich jeden Morgen mit meinen trafen und mit dem ich einen tiefen Blick tauschte, den ich noch immer vermisse?

Manu, immer an meiner Seite, nicht von mir weg zu bekommen. "Du hast gesagt, ich soll warten, also bekommt mich niemand hier weg."
Der mit mir fast jeden Weg ohne Leine gehen konnte, obwohl er ein reiner Jagdhund war. Der auf jedes Wort, jede Geste, hörte.

Wilbert, der sein Hasenherzchen ausgerechnet vor meine Füße warf und nicht mal Mama hinterher trauerte, nicht jammerte und nicht zurück blickte.

Der mich häufig zum Lachen und zur Ratlosigkeit bringt. Der mich mit seinen wunderschönen Augen ansieht, als sei ich die Welt und mit dem ich durch Felder und Wälder laufe und oft bleiben wir stehen und sehen die Weite der Welt.

Einer der intelligentesten Hunde, der Herausforderungen löst wie kein zweiter.

Acaro, der gekämpft hat, um Vertrauen schenken zu können. Der sich überwunden hat, anzukommen, Menschen sein Herz ♥ zu schenken. Der anfangs um sich schnappend erwachte, der Angst hatte, wie eine Panini - Karte getauscht zu werden.

Acaro, der jedesmal, wenn er nach Hause kommt, feiert und eine kleine Party veranstaltet, weil er sein Zuhause liebt.

Acaro, der mir so oft Tiere anzeigt, die wir gemeinsam bestaunen.

Der fast immer neben mir läuft und besorgt auf unserer Eingangstreppe neben mir ist, seit ich einmal vor Jahren dort fiel.

Xavi, el diablo negro, der mich mit seinen Streichen zur Verzweiflung treibt, der dann unschuldig guckt, dass man einfach grinsen muss. Der grob und gleichzeitig zartfuehlend ist. Für den Insekten, Schnecken, Pflanzen ein Grund zum Staunen sind und der einem die kleinen Dinge der Welt wieder vor Augen führt.

Der Klettermaxe, dem furchtlos nichts zu hoch ist, der Vertrauen in sich, das Leben und uns hat.

All diese wunderbaren Freunde haben mich viel gelehrt. Sie sind nie von meiner Seite gewichen. Sie haben mit mir gekämpft, als ich sehr, sehr krank war, als Ärzte keine Möglichkeit mehr sahen.

In dunklen Zeiten haben sie meine Tränen mit ihrem Fell aufgefangen, sie mit Hundeküssen weggewischt. Sie wärmen Körper, Seele und Herz. Sie kennen und kannten mich besser als jeder andere auf der Welt. Waren bei jedem wichtigen Ereignis bei mir.

Nicht einen von ihnen hätte ich je missen wollen.

Welcher von ihnen hätte NICHT mein Seelenhund werden dürfen???

S. O. S. Seenot

Irgendwann überlegte ich mir, dass es sinnvoll ist, wenn unsere Hunde schwimmen lernen. Es kann so schnell passieren, dass sie irgendwo in ein Gewässer fallen und statt ihre Kräfte zu bündeln und zurück an Land zu schwimmen, geraten sie vielleicht in Panik.

Einmal beschlossen, suchte ich uns ein Hundeschwimmbad in der Nähe. Zum einen war es noch kalt und ich muss gestehen, dass ich nicht unbedingt in Teiche voll Enten und Schwänen schwimmen wollte und auch nicht in den Fluten, die man als Badesee bezeichnet und die im Sommer gerammelt voll mit eingeölten Menschen, Essensresten, Papiertüten und weiß-Gott-was-noch sind.

Wir hatten Glück – ganz in der Nähe gibt es ein Hunde-Hallenbad. Wir fragten, ob wir selbst mit den Hunden ins Wasser durften und zogen frohen Mutes mit Badesachen und Hundebademänteln los.

Es handelte sich um ein kleines Becken, in dem man als Mensch bequem stehen kann.

Xavi, der am wenigsten skeptisch wirkte, war zuerst an der Reihe. Nach kurzer Zeit schwamm er wie ein kleiner Seehund. Wasser wird wohl nie sein Lieblings-Element werden, aber Xavi kann gut schwimmen und nachdem er sein Seepferdchen bestanden hatte, beobachtete er aufmerksam, wie seine großen Brüder schwimmen lernten. Da der kleine Delphin Anstalten machte, vom Rand aus ins Wasser zu springen, wurde er ebenfalls hinein gehoben und war von da an das Maskottchen der anderen beiden.

Acaro und Wilbert haben zwar ihr Seepferdchen erfolgreich bestanden, aber sie fühlten sich auf dem Arm wesentlich wohler. Allerdings stand in dem Fall nicht der Spaß im Vordergrund – wobei wir den auch hatten und zwar reichlich! - sondern, dass sie wissen, was sie im Wasser tun sollen. Das haben sie und somit war die Aufgabe erfüllt.

Nach dem Schwimmen wurden die drei in ihre Bademäntel gehüllt und es ging auf unser Sofa.

Wilbert und Xavi lagen in je einem meiner Arme, Acaro an meine Beine gekuschelt. So schliefen wir dann ein und waren einfach glücklich und zufrieden, ein gemeinsames Erlebnis gehabt zu haben.

Wir wiederholten noch dreimal und die Schwimmerei ist nun absolut verfestigt. Wilbert wurde sogar ungewollt beigebracht, wie es ist, kopfüber ins Wasser zu fallen. Er war entsetzt – wir auch, aber möglicherweise war es sogar nicht verkehrt, da er weiß, wie man mit dem Schrecken fertig wird.

Das Traurige ist, dass unsere Hunde nun wesentlich sicherer durch die Welt marschieren als so manches Kind. Denn diese bekommen ja zu einem Großteil kaum noch Schwimmunterricht. Ich, als Rettungsschwimmerin, fühlte mich als Kind wie zu Hause im Wasser. Ein perfekter Tag war immer für mich vom Stall oder Ski fahren aus ins Wasser. Eigentlich sollten die Eltern heutzutage, von denen tatsächlich ja auch schon viele nicht schwimmen können, darüber nachdenken, ob es nicht zur Grundausbildung gehören sollte, dass ein Kind schwimmen kann. Aber zum Glück ist das nicht mein Thema, wie mit Kindern was gemacht werden sollte.

Spaziergänge

Ja, wir gehen täglich in einen privaten Auslauf. Und ja, wir machen täglich Spaziergänge. Warum?! Ganz einfach – im Auslauf dürfen meine Hunde ausgelassen rennen und toben und entspannt „sie selbst sein". Dort kommt ihnen keiner in die Quere, dort werden sie nicht gegängelt. Dort können sie untereinander – und manchmal auch mit Freunden – spielen. Manchmal baue ich ihnen Hindernisse auf, Suchspiele etc., aber im Großen und Ganzen ist dort „Hund sein" bzw. „Windhund sein" angesagt.

In Wäldern, auf Feldern, etc. können sie nicht rennen. Ich müsste permanent in Sorge sein, dass ein Wildtier auftaucht und sie hinterher rennen oder sie versehentlich einen Passanten umrennen.

Beides gefährlich für alle Seiten.

Daher gehe ich mit ihnen auf unseren
Spaziergängen zu wechselnden Orten und dort
wird „gearbeitet". Auch Windhunde haben Nasen
und Köpfchen.
Ich lasse sie Wildspuren suchen, verlassene
Bauten ansehen, Holzstapel beschnüffeln,
benenne die Tierspuren. Nehmen wir Michael mit,
beteiligt er sich gerne, indem er ihnen Fährten
legt, in Bäumen oder allerlei anderen Dingen
Kekse versteckt, Futterbeutel versteckt... Es
macht uns großen Spaß. Auch zu sehen, wie die
Augen leuchten.

Gehe ich mit Wilbert, Acaro und Xavi los, sehe
ich, wer sich besonders wofür interessiert. Acaro
z. B. zeigt mir sehr gerne Wild an. Dann stehen
wir dort, er steht vor (das Vorstehen lobe ich,
denn der Moment kann entscheidend sein, wenn
der Hund zu jagen beginnen möchte – es gibt die
Möglichkeit, zuzugreifen) und wir sehen uns das
jeweilige Tier an. Er hat mir schon sehr
Interessante gezeigt. Am ungewöhnlichsten fand

ich einen Schwarzfuchs.

Wilbert liebt Schnüffelei. Die ein oder andere Fährte im Wald, der wir kurz nachgehen. Dort ist vielleicht ein leerer Bau oder ein Gebüsch und er kassiert Lob, weil er mir so eine interessante Örtlichkeit gezeigt hat.

Für Xavi geht nichts über Mäuse, Laubfrösche, Grillen und andere Krabbel- und Kleintiere. Er kann mit seiner Nase von Löchlein zu Löchlein marschieren, hüpft kleinen Tieren hinterher, die Nase zum Großteil auf dem Boden.

Nach diesen Gängen sind sie müde und ausgelastet, haben Kopfarbeit geleistet. Auch ein Windhund ist ein vielseitigerer Jagd- als NUR Hetzhund und möchte mit seinem schlauen Kopf arbeiten. Ich finde sehr schade, dass sie oft reduziert werden auf „möchte einmal am Tag sprinten und dann auf der Couch liegen". Das stimmt definitiv nicht.

Auch lernen können Windhunde. Sie sind sogar sehr intelligent. Einige müssen nur erst lernen zu lernen. Und man muss eben sehen, dass man nicht zu viel Druck ausübt, nicht ungerecht ist und ihren selbständigen Charakter berücksichtigt.

Spirituelles

Nachdem Manu eingeschläfert wurde, waren wir erstmal alle am Boden. Da Manu mein Schatten war – es gab mich nicht ohne Manu – war es natürlich sehr hart für mich. Manu lief neben mir, Manu machte das, um was ich ihn bat. (Wichtig: Nicht, was ich verlangte oder gar befahl, sondern, um was ich ihn bat).

Natürlich wussten wir schon lange, dass er schwerkrank war und wir schöpften jede Möglichkeit aus, um ihm zu helfen.

Wilbert und Acaro waren selbst traurig. Wilbert wurde von ihm groß gezogen und auch für Acaro war er großer Bruder.
Irgendwie rückten wir noch näher zueinander. Die beiden ließen mich nicht einmal allein auf der Couch sitzen. Stets kuschelten sie, jeder auf einer Seite, ihre Köpfe an mich dran.

Der Tag der Kremierung war leider ein wenig später, alle Termine waren vergeben. Manu lag bei unserem Tierarzt in der Garage. Während der Fahrt roch man bereits die Verwesung.

Wir trafen am Rosengarten ein und dort wird man erstmal aufgefangen. Dort warteten wir in „unserem" Zimmer (jeder bekommt ein Wartezimmer zugewiesen) und tranken Tee, Kaffee und aßen Kekse und Bonbons.

Da Wilbert und Acaro ebenfalls einen schweren Tag hatten, durften sie auch ein paar Menschen-Kekse naschen. In dem Moment war die Trauer dann doch wie weggeblasen. Der Appetit vergeht den beiden fast nie. Da sind wir uns sehr ähnlich.

Beide kamen mit in den Aufbahrungsraum. Sie sahen sich Manu an, wollten genau gucken und mussten sogar hochgehoben werden, da sie mit ihren Vorderpfoten sonst Manu runter geworfen hätten.

Irgendwann war der Zeitpunkt, an dem ich Manu zum Feuer begleiten musste. Als Manu und ich aus der Tür gingen und ich vor dem Fenster stand, durch das man sehen konnte, das Manu ins Feuer geschoben wurde, hörte ich Wilbert im Aufbahrungsraum lautes Wolfsheulen ausstoßen.

Nach Manus letztem Geleit kam ich wieder und Wilbert war kaum zu trösten.
Wir suchten uns eine schöne Urne in „unserem" Wartezimmer aus, trugen uns das vierte Mal ins Gästebuch ein und danach liefen wir durch den wunderschönen Garten. Es ist herrlich friedlich dort. Wundervolle Rosen, Lavendel, ein Teich, Streuwiesen und kleine Gedenkstätten.
Man kommt richtig zur Ruhe. Ich weiß es, ich war mit vier Hunden dort. Leider. Schon. Trotzdem bin ich bei jedem von ihnen froh, dass sie einen Teil meines Weges mit mir gegangen sind und würde sie jederzeit wieder in mein Leben und mein Herz lassen, so schmerzlich der Abschied auch immer ist.

Nachmittags konnten wir Manu in seiner Urne mit nach Hause nehmen. Er hat bei unseren anderen Hunden einen Platz bekommen.
Ich meine ja, Seelen und Energie gehen niemals

verloren und die Verstorbenen können uns noch immer besuchen, wenn sie möchten. Auch wir könnten sie theoretisch wahr nehmen, wenn es uns in unserer Gesellschaft nicht aberzogen würde, einen sogenannten siebten Sinn zu haben. An manchen Tagen laufe ich mit unseren Hunden durch den Wald und habe das Gefühl, von einer ganzen Gruppe Hunde begleitet zu werden. Dann werfe ich einen Blick über die Schulter und neben mich und kann sie fast sehen so sehr spüre ich die Anwesenheit meiner Lieben.

Vor einigen Nächten hatte ich einen interessanten Traum. Ich war auf einer grünen Wiese, sie war schattig. Es war angenehm warm. In der Nähe ein Fachwerkhaus. Dort waren alle meine lebenden und verstorbenen Hunde versammelt. Interessanterweise lagen die zusammen, die ich spontan als sich sehr ähnlich vom Charakter her eingeordnet habe: Wilbert lag mit Stasky zusammen, Barras mit Manu und in der Sonne spielten Leo, Acaro und Xavi miteinander. Ich fühlte mich unglaublich entspannt. Keinerlei Stress, keine Störungen, als hätte ich für jeden einzelnen unendlich viel Zeit.

Zwischendurch wachte ich einmal auf und dachte „Ach nee, ich möchte zurück in den Traum" und träumte mich wieder auf die Wiese.

Aufgewacht bin ich gut gelaunt und gestärkt, sehr positiv.

Nun ist die Frage – sind Träume Schäume oder durfte ich mit meinen drei lebendigen Jungs das Regenbogenland besuchen? Zweifellos werde ich das nie erfahren. Ich nehme den Traum einfach als ein großes Geschenk an.

Und damit sie mich nun für völlig spinnert halten – ich glaube an Telepathie und Tierkommunikation, aber das habe ich bereits im Vorgänger-Buch erwähnt.
Als Acaro nach seinem Klinikaufenthalt unglaubliche Ängste vor Tierärzten entwickelt hatte und wir zum Arzt mussten, habe ich mich mit ihm ins Wartezimmer gesetzt und mir einen goldenen Bogen gedacht, der unsere beiden Herzen miteinander verbindet. Dann habe ich ihm Bilder geschickt, die zeigten, was mutmaßlich

gemacht würde und dachte dabei so ehrlich wie möglich „Das tut gar nicht weh, habe bitte keine Angst!" oder „Ich weiß, es wird etwas pieksen, aber niemand tut Dir absichtlich weh. Wir schaffen das gemeinsam."
Interessanterweise war Acaro relativ entspannt und seine Ängste sind weitgehend beseitigt.

Als wir überlegten, einen weiteren Hund nach Manu aufzunehmen, hatte ich vor Trauer nur noch Panik und Angst. Die Kommunikation hatte ich zu einem Großteil verloren. Es hatte mich einfach aus der Bahn geworfen.
Wir hatten mit Wilbert und Acaro drei tolle Hunde kennen gelernt. Da ich die Kommunikation verloren hatte zu dem Zeitpunkt, bat ich eine Tierkommunikatorin aus unserer Umgebung, die regelmäßig bei Sucheinsätzen eingesetzt wird (ich kenne persönlich einen Hund, der mit ihrer Hilfe von selbst zurück gekommen ist) und neben den Trailern, Futterstellen etc. eine große Hilfe ist, darum, die beiden zu fragen, ob sie überhaupt noch einen „Bruder" haben wollten und wenn ja, welchen.

Ja, sie waren gerne bereit, noch jemandem die Chance auf ein Leben bei uns zu geben und hatten sich für Xavi entschieden. Spinnerei? Keine Ahnung, ich schreibe einfach nur von meinen Erfahrungen. Der Leser kann es bewerten, wie er möchte.

Für mich ist klar, dass es eine spirituelle Seite gibt, die wir nie vollständig begreifen werden. Seriöse Wissenschaftler forschen bereits und sagen klar, dass die Seele den Körper verlässt, Minuten bevor man stirbt. Die Energie und die Seelen sollen laut Wissenschaftlern in die schwarzen Löcher gehen, die Stephen Hawking entdeckt hat.
Ich möchte niemanden von all den Dingen überzeugen, ich bin einfach selbst überzeugt, das ist alles.

Es ist mir immer noch ein Rätsel, warum Wilbert z. B. bei allen anderen Menschen geschrien und sich gewehrt hat, als er mit ihnen spazieren gehen sollte. Warum ging er mit mir mit wie ein fröhlicher Welpe? Habe ich ihn instinktiv verstanden und er merkte das? Sind in ihm Seelenanteile eines meiner verstorbenen Hunde, die mich wieder erkannt haben? Auch das weiß ich nicht.

Als ich das starke Gefühl hatte, Xavi unbedingt holen zu müssen und dann im Nachhinein erfuhr, dass die Pflegestelle in einer Krise war und Xavi schnell ausziehen sollte – Zufall? Wie kann so ein Gefühl über 170 km hinweg entstehen?

Jeder darf glauben, was er möchte und seine eigenen Theorien haben. Ich habe die meinen.

Die Stimme der Stimmlosen

Dieses Kapitel soll als Stimme der Tiere dienen, die keine Stimme haben. Die keine Lobby haben. Tiere, die still bei ihren Haltern leiden oder sogar ermordet – ja, ermordet - werden.

In Zeitungen lesen wir leider oft genug, dass

Tiere ertränkt wurden, erschlagen aufgefunden werden, in Wohnungen zurück gelassen ohne Futter und Wasser. Viel zu spät wird diesen Tieren endlich eine Stimme verliehen.

Oder sog. „Nutzvieh". Ein gruseliges Wort. Wer von uns hat das Recht, Tiere zu benutzen?! Die Massentierhaltung hat uns gelehrt, Fleisch und Milchprodukte nicht mehr zu schätzen. Lebensmittel werden verramscht, sogar in den Müll geworfen. „Nutzvieh" wird schändlich behandelt. Diese Tiere haben keine Stimme. Sie stehen häufig in ihren Exkrementen, sie werden zu „Fleisch"- oder „Milch"Vieh gezüchtet, wie es unnatürlicher nicht geht. Sie alle haben eine Existenz, aber kein Leben. Es ist ein Vegetieren. Und selbst am Ende, im Schlachthof, werden sie oftmals gequält, nicht betäubt vor der Tötung, niedrigst bezahlte Schlachthofmitarbeiter gehen grob mit ihnen um – sie bekommen Stromschläge, Tritte. Sie haben bereits panische Angst, hören die Todesschreie ihrer Artgenossen, riechen Blut und Tod.

In fast allen Ländern der Erde gibt es

Tötungsstationen. Dort werden auch Haustiere zu Hauf getötet. Schlimm genug, dass es überhaupt so ist. Aber auch sie werden erschlagen, vergast, manchmal noch lebendig in den Brennofen geworfen. Auch von ihnen hört fast jeder die Todesschreie der anderen, riecht den Tod. Wenn sie überhaupt bis dahin überleben, denn sie bekommen dort weder tierärztliche Versorgung noch ausreichend Basis-Versorgung. Die bekommen die Stärksten und nicht wenige der Schwächeren werden schwer verletzt oder gar tot gebissen.

Für all diese Tiere wäre ich gerne die Stimme. Zumindest erfährt der Leser des Buches nun davon, wenn er es noch nicht gewusst hat. Und glauben Sie mir, ich übertreibe nicht.
Und für einen möchte ich hier eine Stimme sein. Einen Hund, den ich persönlich kannte und schätzte. Der ermordet wurde. Von seinem Halter, der eigentlich die Fürsorgepflicht für ihn hatte, ihn hätte schützen und lieben sollen.
Es handelt sich um einen kleinen Terriermischling. Nennen wir ihn hier im Buch einfach mal Moritz.

Moritz' Halter kam ins Krankenhaus. Traurige Geschichte natürlich. Moritz war herzkrank. Aber er erholte sich rasch, nachdem er in eine neue Wohnung ziehen durfte, bei der er nicht mehr fast 60 Stufen hochsteigen musste, sondern mit einem Fahrstuhl befördert wurde. Über Monate ging es ihm wesentlich besser. Er wirkte fast wieder wie ein junger Hund.

Moritz wurde vom Sohn des Halters betreut. Er hat eine gute Freundin, die Tierärztin ist. Diese Tierärztin sagte dem Sohn des Halters, dass Moritz noch gut und gerne eine Weile leben könnte. Der Sohn fragte die ehemalige Putzfrau seines Vaters, die mit Vater und Sohn im gleichen MFH lebt, ob sie Moritz gerne übernehmen würde. Da ein alter Hund kostenintensiv ist, wurde ihr die Übernahme der Kosten zugesagt. Freudig sagte sie zu.

Moritz Halter gefiel das aber gar nicht. Er zitierte seine Familie an sein Krankenbett, nahm seinem Sohn den Wohnungsschlüssel ab und beauftragte seine Frau (die er übrigens auch geschafft hatte, aus dem Haus zu ekeln) mit der

Tötung des zwar alten, aber noch mobilen und lebensfrohen, Hundes. Er konnte es nicht ertragen, dass sein Hund Moritz bei einer anderen Person glücklich würde.
Nicht nur das – Moritz' Halter hätte auch die Möglichkeit gehabt, seinen Hund mit in seine Pflegeeinrichtung zu nehmen und die beiden hätten dort einander gehabt.

Aber nein, der alte, lebensfrohe Hund durfte nicht mehr glücklich im Leben sein. Lieber wollte sein Halter ihn tot sehen.
Ich verachte und verurteile ein solches Verhalten bis ins Letzte. Wie gerne hätte ich meine lieben Tiere noch gepflegt?! Es war manchmal sehr anstrengend und auch kostenintensiv, aber ich hätte es sehr gerne weiterhin getan. Mir würde das Herz brechen, würde ich derart schlecht handeln. Und das ist schlecht. Abgrundtief schlecht.
Den Halter von Moritz habe ich nie gemocht. Er war mir immer unsympathisch und viele seine Handlungen zeigten mir, dass er kein guter Mensch ist.

Es kam von einem Bekannten der Einwand, der Hund wäre vielleicht permanent unglücklich gewesen. Nein! Jemand, der sehr krank ist und dauerhaft unglücklich, wirkt nicht lebensfroh und derjenige kann sich hinlegen und sterben. Niemand auf der Welt kann einen in dem Fall davon abhalten, besonders, wenn man eine Grunderkrankung hat. Es war Moritz einfach nicht gegönnt, weiter zu leben und glücklich zu sein. Aus Bosheit und Eifersucht.

Jemand sagte sogar, der Halter sei nicht bösartig, sondern „überfordert" gewesen. Überfordert??? Dann hätte Moritz ja einfach in die guten Hände der Frau gegeben werden können, die den Kleinen aufnehmen wollte und ihm ihre Liebe schenken wollte.

Mein Vater hatte eine alte Hündin, Dana. Sie hatte Arthrose. Zeitgleich pendelte meine Mutter schwer krank und bettlägerig von Pflegeheim zu Krankenhaus, Pflegeheim, Krankenhaus, Pflegeheim, Krankenhaus... usw. Zwar versuchte er, meine Mutter zu Hause zu pflegen, das klappte leider nicht. Also machte er morgens einen langen Spaziergang mit seiner

Hündin. Fuhr danach zu meiner Mutter. (Leider hatte Dana Angst im Pflegeheim und blieb deshalb zu Hause.) Danach stand wieder ein langer Spaziergang mit Dana an und häufig fuhr er abends nochmal zu meiner Mutter.

Ihm wäre nie in den Kopf gekommen, seinen Hund einfach einschläfern zu lassen, damit er es bequemer hatte, sondern hat sich für beide fast zerrissen. (Wir wohnen 150 km auseinander, sonst hätte ich selbstverständlich einen Spaziergang täglich übernommen und Dana hätte bestimmt einen Teil der Zeit bei mir verbringen können.)

Es geht, wenn man will. Und wenn man nicht will, kann man sein Tier jemandem geben, der es will!

Stimmungen

Meine Hunde sind Individuen. Sie haben jeder einen eigenen Charakter, sie haben ihre Eigenheiten. Dennoch sind sie in gewisser Weise von meiner Stimmung abhängig.

Das kann manchmal sehr belastend sein. Bin ich

gut gelaunt, sind die drei charmant, ausgelassen, sprühen vor Lebensfreude. Es ist einfach ganz wunderbar, ihnen zuzusehen, wie sie ihr Leben genießen und jede Kleinigkeit in sich aufsaugen. Leider geht es aber auch anders. Bin ich gedrückter Stimmung, laufen sie traurig neben mir her. Wilbert und Acaro bewegen sich kaum im Auslauf. Xavi ist ebenfalls bedrückt, läuft oft im Graben des Auslaufes. Auch die spannenden Waldgänge können sie nicht locken. Nichts ist dann interessant genug. Man sieht ihnen die Traurigkeit regelrecht an.
Natürlich möchte ich nicht dafür verantwortlich sein und fühle mich noch schlechter. Ein Teufelskreis.

Bin ich gestresst oder wütend, haben sie die gleiche Grundstimmung. Während sie normalerweise entspannt sind in den meisten Situationen, können sie sich dann wie ein Stehaufmännchen aufregen. Da wird gezickt und gemeckert.
Auch dafür möchte ich nicht verantwortlich sein und trotzdem bin ich es. Und es stresst mich

natürlich noch viel mehr.

Natürlich versucht man automatisch, an sich zu arbeiten. Aber wer kann sich denn von allen Stimmungen frei sprechen?! Wer kennt nicht solche Tage, an denen man morgens gerädert aufsteht, dann fällt einem der Teebeutel in die Kanne; man fischt mit einer Gabel danach und der Beutel platzt, dann fällt die Kaffeekanne runter und zerbricht, man steht unter der Dusche und die Shampooflasche ist leer, gleichzeitig klingelt der Postbote...

Sylvester

Jedes Jahr, wenn das Datum vom 31.12. zum 01.01. wechselt, drehen die Menschen durch. Prinzipiell meine ich, man sollte natürlich jeden Tag, den man erlebt, feiern. Es ist immer schön, wenn man wieder aufwacht und das Leben genießen kann. Wäre eine kleine Feier täglich wert.

Genau DAS ist aber nicht der Fall. Während die Menschheit fast täglich missgelaunt aufsteht „Äh, wieder aufstehen", „zu früh", „wieder arbeiten" etc., drehen die meisten am 31.12. derart durch, als würde nicht das Datum wechseln, sondern die Welt schlagartig eine bessere werden.
Sie wird aber keine bessere! Im Gegenteil – für manche wird nach diesem Datum die Welt nie wieder gut werden, manche werden nie wieder die Augen aufschlagen!

Eine große Anzahl an Wildtieren überlebt Sylvester nicht. Sie bekommen vor Schreck einen Herzschlag. Vögel fliegen in Panik bis zur völligen Erschöpfung, bis zum Tode. Einige werden verbrannt. Sie verlieren die Orientierung, finden nie wieder zurück und müssen fortan in einem anderen als ihrem vertrauten Revier zurechtkommen.

Der Feinstaubausstoß entspricht zwei Monaten Auto fahren. Ist das noch gerechtfertigt?!

Aber nicht nur die Umweltbelastung und Grausamkeit gegen unsere Tierwelt ist diese schreckliche Böllerei an Sylvester.
Auch unsere Haustiere leiden häufig.
Mit Wilbert habe ich den zweiten Hund, der Sylvester für Ausnahmezustand hält. Leo, mein Pointer, fand Sylvester auch immer sehr schlimm und zitterte die ganze Nacht durch.

Nun haben wir das große Glück, in einer privilegierten Wohngegend in einem Landschaftsschutzgebiet zu wohnen. Zum einen machen den Wahnsinn hier kaum welche mit, zum anderen hört man bei uns nicht viel, speziell in der unteren Etage.
Wir schließen die Jalousien, lassen die Holzrollos nach unten, die wir sonst das ganze Jahr nicht benutzen, verstopfen restliche Ritzen mit Decken.
Die letzten beiden Jahre hat Wilbert kleine Helferlein bekommen – einmal Zylkène und dieses Jahr Adaptil-Tabletten.

Er ist kein panischer Hund, er ist in seiner Angst

ansprechbar. Das ist sehr viel wert. Trotzdem bleiben unsere Hunde an Sylvester und Neujahr grundsätzlich an der Leine.
Unsere letzte Abendrunde wird gegen 21 Uhr gemacht oder wir gehen einfach kurz in den Garten. Am Jahreswechsel zu 2020 sind wir ein wenig auf einem Autobahnrastplatz spaziert.

Für Wilbert sind grundsätzlich alle dunklen geschützten Ecken mit Decken gepolstert und wenn er sich in eine verzieht, wird eine Decke über ihn gelegt, damit er sich so geschützt wie möglich findet.
Ich sitze neben ihm und um Mitternacht, wenn draußen die Hölle los bricht und dadurch zehntausende Tiere der Tod ereilt, feiern wir eine kleine Würstchen-Party, Die Würstchen stehen immer schon bereit und nach dem ersten Schock, ca. fünf Minuten nach Mitternacht, nimmt Wilbert zaghaft die ersten Häppchen an.
Da Acaro und Xavi ebenfalls mitfeiern möchten, nimmt Wilbert die Würstchen schon weniger zaghaft.

Ich werde gut mit alkoholfreiem Sekt versorgt und somit beschließen wir irgendwann um 3 Uhr die fright night.

Am nächsten Morgen werden zaghaft erstmal die Nasen in den Garten gestreckt. Die Luft stinkt immer dermaßen nach Schwarzpulver an Neujahr, das ist ekelhaft.

Besorgt gucken wir immer, ob sich bei uns ein toter oder verletzter pelziger oder gefiederter Flüchtling befindet.

Natürlich dauert es noch immer fast eine ganze Woche, bis es sich zum letzten Deppen herumgesprochen hat, dass Sylvester inzwischen vorbei ist. Irgendwo knallt es grundsätzlich nochmal- Keine Ahnung, ob manche so besoffen waren, dass sie erst nach vier oder fünf Tagen aus dem Suff erwachen und glauben, es sei noch Sylvester.

Schade, die Welt ändern wir wohl nicht. Nur das Kalenderblatt...

Trailla

Acaro geriet lange Zeit in einen höchst erregten Zustand, sobald er Wild sichtete bzw. sich einbildete, welches zu sehen. Oft wird mit Galgos mit Trailla gearbeitet. Das ist eine Halsung für zwei Hunde, mit einer Leine verbunden. Bei Hasensichtung werfen diese Hunde sich in die Leine und wenn es der „richtige" Hase ist (auch in Spanien darf man z. B. keine sehr jungen Hasen jagen) , klickt der Galguero auf eine Stelle, die sofort die Halsung löst.

Es könnte sein, dass Acaro damit kurze Zeit trainiert oder getestet wurde. Das ist nicht zwangsläufig der Fall, aber sehr im Bereich des Möglichen.

Nun hat man dadurch eine Verhaltensweise, die das Gegenteil von dem ist, was wir von unseren Hunden erwarten und erhoffen. Einen schreienden, sich ins Geschirr werfenden Hund auf zwei Beinen zu haben, ist weder angenehm noch vertrauenerweckend für Spaziergänger. Da Acaro zusätzlich wild in der Gegend herum schnappte, nahm ich ihn immer dicht zu mir, damit er keinen meiner anderen Hunde erwischte. Dadurch stellte ich fest, dass meine Nähe ihm Ruhe brachte.

Also habe ich ihn immer nah zu mir genommen. Zusätzlich haben wir einen leichten Kurzführer an seinem Geschirr, dann hat man einen sichereren, besseren Griff als eine Leine kurz zu fassen. Der Kurzführer ist sehr leicht und stört ihn nicht.

Im Laufe der Zeit sind wir soweit gekommen, dass Acaro bei Wildsichtung (und vermeintlicher Wildsichtung) immer ruhiger wurde, sobald er in meiner Nähe war.
Er hat dadurch ein wunderbares Vorstehen erlernt, dass ich natürlich sehr gelobt habe und das einem bei einem Freilauf einige wertvolle Momente erkaufen kann, wenn der Hund vorsteht. In dem Moment hetzt der Hund (noch) nicht und man kann ihn festhalten.

Inzwischen fühlt Acaro sich so wohl, wenn wir bei Wild nahe beisammen sind, dass er, sobald er

etwas wahrzunehmen meint, einmal um mich rum, auf meine linke Seite kommt (die Seite, auf der ich ihn immer auf Abstand zu den anderen gehalten habe bei seinen Aussetzern) und mich anstupst. Ich nehme ihn dann mit lobenden Worten zu mir und er darf mich anzeigen, was er sieht, was wiederum sehr gelobt wird.
Dadurch haben wir beide etwas – Acaro ein Erfolgserlebnis und ich so manch interessante Wildsichtung.

Das ging alles in kleinen Schritten vonstatten. Zuerst konnte ich Acaro ansprechen, das war schon ein toller Erfolg. Er wurde peu à peu ruhiger. Das war sehr ermutigend. Wir sind dran geblieben. Acaro hat selbst signalisiert, dass es für ihn Stress ist, in der Situation hochzufahren. Nach seinen „Attacken" wirkte er immer etwas geknickt und unsicher. Natürlich merkte er, dass es hier nicht erwünscht ist und bemerkte auch, dass die anderen Hunde – seine geliebte Familie – das nicht gut fanden, sondern eher etwas erschreckend.

Das ist natürlich kein Patentrezept für jeden Hund. Ich kann hier nur aus unserer Erfahrung schreiben. Wenn es jemand versuchen möchte – viel Erfolg! Ich wünsche Ihnen entspannende Spaziergänge!

Manchmal könnte man sie verschenken

An manchen Tagen könnte ich die Hunde verschenken. Leider würde sie jeder vernünftige Mensch schnellstens wieder zurück bringen – oder, wer klar bei Verstand ist und nicht völlig betrunken - gar nicht erst annehmen.

So vollbrachte Xavi tatsächlich die Leistung, meine alten Kuschelfreunde, die bereits als Baby im Krankenhaus an meiner Seite waren und bei mir im Regal in einem kleinen Körbchen ein ewiges Zuhause haben, die Gesichter zu schreddern. Liebevoll flickte ich sie alle wieder zusammen. Nasen und Augen wurden mit Garn erneuert, wenn sie völlig abgekaut waren.

Nachdem ich Xavi in sein vollkommen reines Gewissen geredet habe und er, wie erwartet, seinen Fehler nicht einsah, machten wir uns auf den Weg zu einem weiteren Auslauf.

Die Hunde waren zuvor auf einem schönen Waldgang und natürlich haben sie auch immer die Möglichkeit, in den Garten zu gehen, falls sie sich zwischendurch erleichtern müssen.

Aber was tat Xavi? Er stellte sich kommentarlos hin und pullerte in ein Autobettchen.

Danke, Xavi!

In dem Auslauf angekommen wurden für die kleinen Genies Futterbeutel ausgepackt und sorgfältig versteckt.

Nachdem der jeweilige Beutel gefunden und der Hund daraus belohnt worden war, wurden die Herren zurück gerufen. Wilbert und Acaro kamen auch immer brav... Lesen Sie zwischen den Zeilen bzw. DAS, was ich nicht geschrieben habe...

Abends begaben wir uns auf unser Sofa. Wilbert und Acaro sicherten sich je einen Platz zum Kuscheln bei mir. Xavi hätte selbstverständlich

Platz gehabt. Darauf verzichtete er, marschierte nach oben und war fünf Minuten später wieder unten.

Nichts Böses ahnend wollten wir nach dem Abend-Spaziergang ins Bett gehen. Es gab ein schlimmes Erwachen! In den fünf Minuten, die Xavi oben allein verbrachte, musste er in einem Wutanfall ein Loch in eins der gemütlichen Hundebettchen gerissen haben...

Das war dann ein wenig viel auf einmal. Irgendwie fragt man sich ja doch mal „Warum mache ich das mit?!". Und Xavi? Kuschelte sich unschuldig an und schlief wie ein Engel – und man hat ihn einfach lieb.

Wilbert zerstört nichts mehr. Man könnte meinen, er sei einfach ein braver, netter, durchschnittlicher Hund. Sollte man meinen... Aber er zeigt uns noch immer jede Schwachstelle, die es an einem jeweiligen Zaun gibt und ist leider sehr extrovertiert in seinen Meinungen zu bestimmten Personen (Betrunkene, auf die wir zwar zum Glück nicht oft treffen, aber trotzdem ist das nicht so angenehm) oder

Nackte (ja, sie lesen richtig – manchmal läuft in einem Wald bei uns eine Nacktwandergruppe herum). Zwar nehme ich ihn zu mir ran und erkläre ihm zu millionsten Mal, dass es völlig uninteressant ist, wenn jemand vor unserer Nase betrunken mit nacktem Hintern herumturnt, aber zumindest Nackenhaare sträuben und angewidert gucken muss Wilbert.

Acaro ist inzwischen ein Schätzchen. Trotzdem passt es mir nicht immer, wenn er z. B. meine schlammig-dreckingen Gummistiefel durch das sauber gesaugte Wohnzimmer trägt oder wenn er neben mir steht und über eine mir gelieferte Pizza leckt.

Bei Xavi war ich kurzzeitig sehr angetan „Huch – haben wir die Pubertät schon geschafft..." Aber es war nur eine Verschnaufpause.
Trotz aller Fehler und Flegeleien bin ich still und heimlich davon überzeugt, die reizendsten, liebsten und klügsten Hunde der Welt zu haben.
Regen, Kälte, Wind... Aus Acaros Sicht

Es ist kalt und regnet. Ich höre bereits die Regentropfen. Geh doch allein raus!

Unfaire Methoden – mit einem Stück Käse werde ich vom Sofa gelockt, mir wird ein angeblich dicker und wetterfester Mantel angezogen. Als wenn es so was gäbe! Gegen diese Wetterlagen ist kein Kraut gewachsen! Ich könnte bestimmt einhalten, bis das Wetter wieder warm und sonnig ist und langweilen würde ich mich bestimmt nicht! Wo geht es denn hin?! In den Auslauf, nun gut...

Wir parken am Straßenrand. Auch hier hat diese herzlose Person kein Einsehen – ich muss mit. Eine Pfütze! Ich werde sicherlich nicht durch eine Pfütze gehen.
Gut, dass der Weg zumindest asphaltiert ist.

Nun sind wir angekommen. An der Schleuse werfe ich nochmal einen sehnsüchtigen Blick zurück zum Auto. Aber nein, ich werde mitgenommen. Kein Herz hat diese Person!
Ich stehe hier. Es ist kalt, es ist nass, es ist windig. Es ist die pure Misshandlung! Warum muss

ich hier sein?! Nur, weil ich manchmal im Auto geschrien habe, als ich meine operierte Pfote hatte und die Spaziergänge abkürzen musste. Jetzt würde ich nie schreien und weinen. Außerdem können die doch alle mitkommen. Ich will ja sowieso nicht im Auto rumsitzen, sondern nach Hause auf mein Sofa! In eine Decke möchte ich gewickelt werden und an den Kamin! Ab und zu ein Leckerchen reichen und einen Streichler. Aber nein... Ich stehe hier und friere fest. Starr vor Kälte bin ich und wahrscheinlich ist meine Kopfhaut schon schrumpelig vor Nässe. Diese herzlose Person redet sich damit raus, dass sie mir eine Kapuze über die „Öhrchen", wie sie sagt, als würde sie mich irgendwie mögen, gezogen hat. Ich weiß genau, sie mag mich nicht. Sie quält mich ja!

Meine Rute ist eingeklemmt, ich stehe hier und rühre mich nicht – gut, ich laufe ein wenig neben der herzlosen Person her. Was soll ich sonst auch machen?! Wenn ich kläglich genug gucke und ab und zu zitter, hat sie vielleicht ein Einsehen. Sie tut so, als würde sie mich bedauern. Ich weiß genau, dass es Hohn und Spott ist.

„Acci-Maus, soll ich Dich ins Auto bringen?!"
NEIN, NEIN – nach Hause will ich, Du dummes
Weib!

Wilbert und Xavi sind mir keine Unterstützung,
sie rennen, schnüffeln und toben. Tun noch
vergnügt. Ich sterbe langsam vor mich hin –
sicher bin ich gleich erfroren. Oder geschrumpft
vor Wasser!
Wie können die beiden nur gute Laune haben?!
Auf niemanden kann man bauen! Keiner mag mich
und ich mag keinen.

Toll, jetzt fordert mich Xavi noch zum Spielen
auf! Sollen die beiden doch allein rennen! „Lauf
ein wenig, Acci-Schatz, dann wird Dir auch etwas
wärmer!" Nein, ich will nicht, dass mir wärmer
wird! Ich will, dass alle sehen, dass ich leide und
misshandelt werde!
„Wir bleiben auch nicht so lange, Spatzi. Keine
Sorge." Ich mache mir keine Sorgen, wie lange
wir bleiben. Mir ist klar, dass ich erfroren sein
werde, wenn die Dame geruht, mit den beiden
Verrätern den Auslauf zu verlassen.

Iiih, jetzt bin ich noch in Schlamm getreten! Wie ekelhaft ist das denn?! Ich werde vermutlich 20 Minuten brauchen, um meine Pfote wieder ordentlich zu reinigen!
Bis dahin starre ich Löcher in die Luft und hoffe, dass die Zeit endlich vergeht. So sehr bin ich noch nie gequält worden, nirgends.

Schleimscheißerisch streichelt mir die herzlose Person über den Kopf, drückt meinen Kopf an sich, als wäre sie lieb zu mir und würde sich sorgen! Die kann mich mal da, wo die Sonne nicht scheint! Das werde ich nie vergessen!

Immer wieder werde ich von den anderen beiden angespielt. Unverschämt in Betracht zu ziehen, ich könne darauf eingehen.
Mir wird gesagt, ich hätte schon einen Mantel an, der auch bei Minusgraden wärmen sollte. Haha – das sind doch mindestens zweistellige Minusgrade!

Eeendlich – es heißt „Back home, ab zum Auto, Jungs!". Das hat sie sich aber so gedacht! Nein,

ich nehme erstmal Wilbert und Xavi ins Visier und flitze ein paar Runden!
Jetzt werde ich auch noch angeleint, dabei stand ich die ganze Zeit nur rum und durfte keinerlei Spaß haben! Nein, so geht es ja wohl nicht, gute Frau! Jetzt wird noch eine Runde gerannt – und noch eine – und noch eine...

Wilbert und Zäune

Wilbert und Zäune waren auch immer so ein Ding. Eigentlich stören sie ihn nicht. Einer aber störte ihn gewaltig! Der Zaun, der im Auslauf das Naturschutzgebiet dahinter absperrte... Und siehe da – er schaffte mehrfach den Ausbruch.

Wir bauten permanent den Zaun um, sicherten alle Stellen neu ab, zogen einen zweiten Zaun innerhalb des Zauns. Trotzdem schaffte Wilbert immer wieder den Ausbruch.

Das halbe Dorf war auf den Beinen, ich hoffte immer nur, das kein Zug käme, kein Auto, kein

Jäger...

Irgendwann wurde klar – Wilbert nahm sich ein Kreuz des Maschendrahtes und innerhalb von maximal einer Sekunde war er dort durchgekrochen. Wo sein Kopf durch passte, passte auch der Rest des Körpers durch.

Aber – oh Wunder, inzwischen haben wir es im Griff. Was heißt, zum Zeitpunkt des Schreibens seit zwei Jahren und drei Monaten.

Wilbert scannt

Acaro „Killerblick"

Xavi genießt die Sonne

Wilbert aus eigener Sicht

Acaro durfte einen auf schreibenden Wetterfrosch machen, Xavi gibt im Vorwort irgendwelchen Senf dazu – jetzt möchte ich mich äußern. Schließlich habe ich auch eine Stimme.

Als kleiner Hund bin ich mit meiner Mama im Tierheim Senne in Bielefeld gelandet. Dort fand ich alles sehr merkwürdig und beängstigend. Vorher kamen wir in einem Transporter aus einem fernen Land gefahren – auch aus einem Tierheim. Dort war es allerdings viel kälter, glaube ich. Ich war ja nur kurz dort, bis ich vier Monate alt war.

Immer, wenn mich jemand zu einem Spaziergang ohne Mama mitnehmen wollte, schrie ich und wehrte mich. Und das geschah häufig, denn meine Mama machte ordentlich Rabatz, wenn sie andere Hunde sah. Es hieß, man wolle uns auf jeden Fall getrennt vermitteln. Vermitteln – ich hatte keine Ahnung, was das sein sollte. Getrennt – das kannte ich. Das war, wenn sie mich oder Mama zu verschiedenen Spaziergängen mitnahmen. Damit wir beide lernen konnten. Mama, andere Hunde nicht zu bepöbeln und sich zu keinen Übersprungshandlungen hinreißen zu lassen und ich sollte lernen, getrennt von Mama zu sein. Ich hatte dann immer Angst und fühlte mich so allein. Und manchmal nahmen die Leute mich auf den Arm, da habe ich dann immer Pipi an sie ran gemacht, dann ließen sie mich immer wieder runter.

Eines Tages war ein großes Fest im Tierheim. Es liefen viele Menschen durch das Tierheim. Mama war sehr menschenfreundlich. Sie war interessiert und versuchte, sich durch die Gitterstäbe mit Menschen anzufreunden. Ich war davon gar nicht begeistert. Wenn das nun was mit dem getrennt vermitteln zu tun hatte?! Und Menschen fand ich beängstigend.

Auf einmal nahm ich eine Person wahr. Sie interessierte mich und ich leckte ihr die Hand. Diese Person kam auch 2-3 Wochen später, um mit mir spazieren zu gehen und sie gab mir die Ruhe und Sicherheit, dass sie mich für einen normalen Welpen hielt. Kurz und gut – es war mein Frauchen. Aber davon hat der geneigte

Leser sicher schon in „Einfach Hund sein"
gelesen. Daher wiederhole ich die ganze
Geschichte jetzt nicht mehr.

Ich wurde also schon hinter Gittern geboren. Ein
liebevoller Züchter hat mich nicht von klein auf
ans Leben herangeführt und mir verschiedene
Lebenssituationen, die für ein Hundeleben wichtig
sind, gezeigt. Ich wurde nicht auf Menschen
geprägt – ein Pfleger im rumänischen Tierheim
kam auf 200 Hunde. Da bleibt für einen Wurm
wie mich die Grundversorgung. Es kamen keine
Freiwilligen, die mit den Hunden spazieren gingen.
Das lernte ich zum ersten Mal im Bielefelder
Tierheim kennen.

Hunde wie mich haben einen Namen: Wir heißen
Deprivations-Hunde. Kennen Sie Kaspar Hauser?
Vielleicht können Sie sich dann mehr darunter
vorstellen.

Das mir vieles Angst machte – das spazieren
gehen, Menschen, Geräusche, die Welt, Tierärzte
(da bin ich nicht allein), sogar Bäume, Vögel,

Pflanzen, Jogger, Radfahrer, Bälle, Kinder, Gegenstände... Ist das ein Wunder?!
Die Welt ist doch so groß und ich bin nur so klein. Es gibt sovieles auf der Welt und meine kleine Welt bestand aus einem Zwinger, meiner Mama und unseren Zwingerkollegen.
Zum Glück war meinem Frauchen das von vorneherein klar. Sie sagte meinem Herrchen, der mich am nächsten Tag kennen lernte, dass sie vermutlich keinen normalen 08/15- Hund haben würden, sondern immer etwas Rücksicht auf meine Besonderheiten nehmen müssten.

Wir haben ganz viel zusammen kennen gelernt. Wenn ich mit meinem Frauchen zusammen bin, fühle ich mich sicher. Wenn ich nachts Angst habe, krieche ich einfach zu ihr unter die Bettdecke und dann kann ich entspannt schlafen, weil ich weiß, dass sie mich vor allem beschützt, was Böse ist.
Zusammen haben wir anfangs ganz viel beobachtet – Tiere auf Weiden oder Pferde auf Reitwegen, Menschen, Autos und andere Fahrzeuge. Auf meinen ersten Autofahrten habe

ich ununterbrochen alles angebellt, weil mir alles fremd war.

Ich kannte ja nur meine Gitterstäbe.

Inzwischen kenne ich schon viel. Ich habe die Welt kennen gelernt, kann in städtischen Umgebungen laufen, weiß, dass nicht jeder Mensch böse ist.

Eins verstehen allerdings nicht viele. Ich freue mich, wenn andere Menschen freundlich mit mir sprechen und ich nehme auch gerne Leckerchen von Euch an. Wenn Ihr mich aber streichelt oder mir ins Geschirr greift oder so, dann fühle ich mich bedrängt. Ich möchte nur von meinem Herrchen, Frauchen, Großherrchen und Tierarzt angefasst werden. Ich mag es einfach nicht. Ihr erschreckt mich, wenn Ihr nach mir greift. Außerdem möchte ich an unbekannte Dinge langsam heran geführt werden. Z. B. an jedes Gebäude, das ich zum ersten Mal sehe. Es ist nicht so, dass es für mich ist wie für andere „Ah, ein Gebäude, eins wie das andere". Nein, für mich ist es ein Gebäude, dass ich zum ersten Mal betrete und ich weiß nicht, ob Gefahren dort lauern.

Ich bin auch sehr vorsichtig, weil ich manche Menschen einfach unheimlich-fremd finde. Frauchen kann das einordnen und wir halten einfach Abstand. Ich kann dann gucken oder ich bekomme was Feines. Aber mir ist der Abstand einfach wichtig.

Ich brauche einfach Sicherheit und Ruhe. Wenn Frauchen gestresst ist, bin ich es automatisch auch, denn sie ist es, die mir die Welt erklärt. Sie sagt mir, wie die Welt ist und wenn etwas nicht gut ist, wird sie das schon wissen.

Viele Menschen verstehen das einfach nicht. Wenn jemand von hinten plötzlich mit dem Fahrrad angerast kommt, und einen Meter hinter uns brüllt „Weg da", erschreckt Frauchen sich – und wenn sie sich erschreckt, weiß ich, dass es immer seinen Grund hat. Wenn jemand doof zu Frauchen ist und sie ungeduldig wird, weiß ich, dass sie nicht umsonst genervt ist.

Manchmal möchte ich meine Meinung dazu kundtun und belle oder knurre. Deshalb versucht Frauchen eigentlich immer, ruhig zu sein. Aber wir sind ja auch nur Menschen.

Wenn Ihr jemanden wie mich trefft, einen anderen Deprivations-Hund, dann haltet Euch doch bitte daran, was dessen Mensch Euch sagt. Fasst uns nicht einfach an, kommt uns nicht unangenehm nahe, überfordert uns nicht. Unsere Menschen wissen, was sie uns zumuten können. Vielleicht sieht es manchmal komisch aus, wenn wir einen kleinen Umweg bei etwas machen, um nicht zu dicht an etwas Komischen vorbei zu gehen, aber bitte habt dann einfach Verständnis. Ich bemühe mich sehr, Euch Menschen zu verstehen. Findet Ihr nicht, Ihr könntet einen Bruchteil an Geduld von der Mühsal, die ich aufbringe, um Euch und die Welt zu verstehen, für Hunde wie mich aufbringen? Die Welt wäre ein ganzes Stück besser.

Xavi... mal wieder...

Heute war wieder so ein Tag... Xavi. Er hat nur Mist im Kopf.
Nachdem wir unsere Zäune im Auslauf sorgfältig mit Sichtschutz abgedeckt haben, war es heute

soweit – Xavi sprang zwischen Sichtschutz und Zaun... Gut, das war nur eine Frage der Zeit, das muss ich zugeben.

Er saß also zwischen Sichtschutz und Zaun, während ich mit Wilbert und Acaro durch den Auslauf marschierte und mehrfach rief „Wer rein kommt, kommt auch wieder raus!", „Dann schmor mal schön da drin!" usw.
Ca. 10 Minuten später keine Bewegung mehr. Ich lugte über den Sichtschutz und siehe da – der arme Xavi war verzweifelt, da er TATSÄCHLICH nicht wusste, wie er wieder dort raus kommen sollte. Er kauerte traurig vor dem Sichtschutz neben der Schuppenwand.
Zeit, ihn wieder aus der Gülle zu schaufeln, in die er sich manövriert hatte!

Aber vorerst konnte ich mich nur daneben setzen, denn schnell stellte ich fest, dass weder funktionierte, den Zaun nach unten zu drücken und auch nicht, den Sichtschutz hochzuheben, da alles viel zu stramm war.
Wie immer er sich dort hinein gleiten lassen

hatte, es funktionierte nicht.

Also gut – der Sichtschutz, den wir mühevoll in mehreren Tagen mit 9 Personen angebracht hatten, wurde von mir im Alleingang abgebaut. Xavi, der inzwischen völlig fertig war, herausgehoben. Und während ich den Sichtschutz wieder befestigte, nahm Xavi die Tüte mit den Kabelbindern vom Tisch und rannte los, schüttelte diese tot und natürlich fiel ein Großteil aus der Tüte.
Also rannte ich kabelbindersuchend seiner Spur hinterher, jagte ihm die Tüte ab, an der er sich abreagierte.
Und um sich weiter abzureagieren, rannte Xavi zum Sichtschutz und riss ein großes Loch hinein. Nochmal flicken.

Ein weiteres Mal die Überlegung: Wenn ich Xavi verschenke, wie kann ich es verhindern, dass er mir nach spätestens 24 Stunden zurück gebracht wird???

Xavi und Zäune

Was. Habt. Ihr. Mir. Für. Ein. Tier.
Vermittelt. ??? Das ist doch kein Hund!

Xavi schlich heute an mir vorbei in den Garten,
während ich Fotoalben aussortierte. Wilbert und
Acaro schliefen im Wohnzimmer.

5 Minuten später wurde ich misstrauisch, denn
normalerweise wäre Xavi längst wieder drinnen,
zumal ich ihm ein altes Album für eine Fetzen -
Party überlassen hatte.

Aber was war da auf über 2 m hohen Sichtwänden
(ca. 2,30 m) ?! Ein schwarzer Schatten stand auf
der schmalen Kante der Sichtwand und sah
gedankenverloren auf das Nachbar - Grundstück.
Der schwarze Schatten war Xavi!

Nach meinem bemüht ruhigen Rückruf kletterte
er wie eine Eidechse kopfüber nach unten.

Wir hatten immer Hunde, die fast überall Wege
durch Zäune fanden und das quasi als Sport
betrachtet haben. Aber unser Garten war immer
sicher.

Morgen wird also erneut abgesichert... Von Fort Knox zu Fort Knox Ultra Plus...

Nachwort und Danksagung

Sehr geehrter Leser(in),

ich freue mich, dass Sie das Buch bis zum Schluss gelesen haben und hoffe sehr, es hat Ihnen gefallen.

Ich danke allen, die ein weiteres Mal an mich geglaubt haben. Vielen Dank an meine neue Lektorin, Elke, die sich sehr bemüht hat und insgesamt ein lieber Mensch ist.
Danke an die Vereine, die mir ihre wertvollen geretteten Schätze anvertraut haben, in der Annahme, dass sie ein gutes Leben bei mir führen werden.
Und letztlich an die Haupt-Personen vielen Dank, die dieses Nachwort nie lesen werden: An meine geliebten Hunde, ohne die dieses Buch ja niemals entstanden wäre. Bleibt, wie Ihr seid. Aber bitte übertreibt es nicht mit Euren Streichen!

Sandra Terzenbach-Blank